結婚代理人

イザベル・ディックス 作

三好陽子 訳

ハーレクイン・イマージュ

東京・ロンドン・トロント・パリ・ニューヨーク・アムステルダム
ハンブルク・ストックホルム・ミラノ・シドニー・マドリッド・ワルシャワ
ブダペスト・リオデジャネイロ・ルクセンブルク・フリブール・ムンバイ

CAST A TENDER SHADOW

by Isabel Dix

Published by Harlequin Japan,
a Division of K.K. HarperCollins Japan, 2025

1

それはいつも同じ夢だった――細部は違っていても、大筋は変わらなかった。ケイトは花嫁姿で祭壇の前に立ち、神父の祈りに耳を傾けている。霞《かすみ》のようなヴェールが彼女の顔をおおい、花婿の手が力強く、しっかりと彼女の手を握ってくれている。フランス語で話される神父の言葉はほとんど理解できなかったが、ケイトは心の中で、なじみのある古い祈《き》禱書《とうしょ》の中の美しい祈りの言葉を思い浮かべていた。

ケイトは必要な箇所で答えられる程度にはフランス語が理解できた。恐ろしいことが起きたのは、花婿がキスするために顔をおおっているヴェールを持ち上げたときだった。そこにいたのはアントワーヌではなく、全く見ず知らずの男だったのだ。

ケイト・エラデイルは、はっとして目を覚ました。すすり泣きがもれそうになるのを、シーツを口に当てて押さえ、不安に満ちた目で、日光が降り注ぐぜいたくなベッドルームを見回す。このところ毎日のように見るあの悪夢から目覚めたことにほっと安堵《あんど》しながらも、何かもっと安心させてくれるものを求めて、ケイトの目は部屋の中をさまよった。

この部屋にもずいぶん慣れてはきていたのだが……。英国の女王のワードローブですらそっくり入ってしまいそうなクロゼットも見慣れたものだったし、ドレッサーの上には彼女の化粧品や、ロンドンを発《た》つ前に買ったピンクの化粧ポーチが置いてある。反対側のドアから見える、エキゾチックな金色とピンク色のタイルを使ったバスルームで、ケイトは幾度となく入浴もした。すべての記憶がいちどきによみがえってきて、ケイトは菫色《すみれいろ》の目を曇らせ、唇を震わせた。

やはりあれは本当のことだったのだ。単なる夢ではなく、一週間前に私の身の上に起こった、紛れもない事実だったのだ。あの日、教会での式が終わったとき、私は違う人と結婚してしまったことに気がついた――私が今まで一度も会ったことのない人と。

すべては二カ月前のロンドンで始まった。たいそうロマンチックに、まるで田園詩のように。それはケイトが、写真のモデルという比較的単調で、どちらかといえばうんざりするような日常から、もっと魅惑的で心躍るようなファッションの世界に飛び込んだばかりのころのことだった。友達の友達が、クルクンディスという、ロンドンのファッション界に彗星《すいせい》のように現れたギリシャ人の新進デザイナーにケイトを紹介してくれたのだった。クルクンディス――クルー――は翌朝電話で、ケイトを次のコレクションで使いたいと申し出てきた。

もちろんケイトは自分の幸運を容易には信じられなかった。彼女がクルーに会うのだと言うと、同業のモデルたちの中には意地悪な反応を示す者もあった。中でも、ビバリー・アン・デイビスが一番辛辣《しんらつ》だった。

共同で使っている小さな更衣室の中で、ビバリー・アンは、羨《うらや》みと不満のこもった目でケイトを見て言った。「それじゃ、あなたも、とうとう降参するってわけなのね、カティ」

「違うわ。私はただ仕事のことで彼に会うだけよ」

二年間のモデルとしての経験から、ケイトはこういう場合、友達の言葉に混じる小さなとげに気づかないふりをするのが一番だということを学んでいた。

「それはそうだけど」ビバリー・アンは、ヘアスプレーの広告で着たきゅうくつな黒いレザーのつなぎを脱ぎ、次のベルモットの広告で着るモスリンのドレスのファスナーをいじっているケイトの姿を眺めた。「あなた最近ちょっと太ったんじゃない、カティ。気をつけたほうがいいわよ。聞くところによるとクルーはかぼそい《ツィギー》人しかモデルに使わないって話だから」

「本当？　ビバリー」ケイトはふくよかな胸に手を置いて、心配そうに鏡に映る自分の姿を眺めた。

「本当よ」ビバリーは勝ち誇ったようなほほえみを浮かべた。「丸ぽちゃと言っても言いすぎじゃないくらい。もっともクルーがやせたモデルを好きだといっても、彼の個人的な好みまでは私、知らないわよ。何といっても彼はギリシャの女性に慣れているでしょうし、ギリシャの女性には体格のいい人が多いから」

　こんないきさつがあったので、ケイトは相当の警戒心を持ってクルーとの会見に臨んだのだった。だからクルーの興味が純粋に職業的なものであることがわかったとき、ケイトは喜んでいいのか悲しんでいいのかわからなかった。

「そうだ、君のその歩き方が気に入ったんだよ。君はバレエをやったことがあるんだろう？」ケイトが何年間もレッスンに通ったと答えると、クルーは賛同するようにうなずいた。「それはいい。君たちイギリス女性もクールなエレガンスだけじゃ充分ではないことにそろそろ気づいたほうがいいからね。ま、ともかく君は合格だ。エージェントに話をして来週から来てくれたまえ。僕は時間を守らないことと、お粗末な仕事ぶりには我慢のできないたちなんだ、何しろ忙しいのでね」クルーはもう行っていいと言うように手を振った。

　帰る道すがらケイトは、自分が女性としての名誉を守るために闘う覚悟をしてここにやってきたことを思い出して苦笑いをした。あとからわかったことだが、クルーはその当時脚の長い赤毛のテキサス娘に熱を上げていて、全エネルギーをそちらのほうに注いでいたようだ。

クルーの仕事をするということは、どんな娘にとってもわくわくするような経験だった。これまで想像することもできなかったほどにすばらしい舞台装置の中で、最新流行の服に身を包み、世界中から集まったバイヤーたちの注目を浴びてポーズを取っていると、夢でも見ているような気持になった。ケイトが初めてアントワーヌに会ったのは、そんなある一日、ドーセットの有名な古い館でショーが催されたときだった。その夕べ、舞台の上の自分にあからさまな賞賛の色を浮かべた黒い目がじっと注がれているのに気づいて顔を赤らめながら、ケイトは前にどこかでこの人を見たことがあるという不思議な感覚にとらわれていた。あの頭の格好や、濃い眉の下のアーモンド形の黒い目に、確かに見覚えがある。だがそんなはずはなかった。なぜなら彼はあとで、自分がここへ来たのはほんの偶然で、急用のできた友人がチケットをくれたからだと話したからだ。

ショーが終わったとき、モデルたちはそれぞれ自分で買ったクルーの服を着て客たちと談笑する機会を持った。ケイトは鮮やかな紫色の濃淡のコットンボイルの服を着て、その日の客の大半を占めていると思われる、ジェット機で世界を飛び回っているような超有閑族のグループと話をしていた。こういう場合まわりに集まってくる男たちのお世辞にいかにして洗練された態度で対応するかを、彼女は長い間努力して身につけていた。

アラブ人の着るような白い衣装をまとった年配の男の言った冗談に笑っているとき、ケイトはふと、ショーの間たいそう熱心に自分を見つめていた男が横に立っていることに気づいた。かすかに見覚えのあるあの黒い目が今度は彼女の横顔を率直な賞賛をたたえて眺めている。やがて口を開いた男の口調には、もうためらいはなかった。

「暖かい晩ですね、マドモワゼル」少し訛《なま》りはあったが、達者な英語だった。

「そうですわね」ケイトは彼の方を向いた。シャンペングラスの上の菫色の目が、彼を勇気づけるようにまたたく。「本当に美しい夜ですわ」

「テラスに出てみませんか?」

「そうすれば、もっとすばらしいでしょうね」

二人はガラス戸を開けてテラスに出た。夜のとばりが二人を包み込む。家の中のあかりもざわめきもすべてどこかへ消え去ったかのようだ。二人は無言で古い敷石の上を歩いていった。テラスの端まで行くと、ばら園に下りていく低い段々がある。二人はばら園の真ん中にたたずんで、暖かい夜気を胸いっぱいに吸い込んだ。ばらの強い香りと、きんぐさりのかすかな甘い香りとが混じり合って漂ってくる。きんぐさりの金色の花が、昼間の太陽で熱くなっている石だたみの上にはらはらとこぼれた。彼はケイトの方を向き、彼女の手からグラスを取って、そばの手すりの上に置いた。それから彼はケイトに口づけをした。

やがて二人は熱烈に愛し合うようになった。永遠に終わらないように思える夏の暖かい夕暮れ、彼らは夢見心地でロンドンの市街や公園を歩き回った。今までの生涯でこんなに幸せだったことはないと、ケイトはしみじみ思うのだった。

だが残念なことに、アントワーヌがフランスへ帰らなければならない日がやってきた。ワインの契約に関する商談がまとまったからだ。フランスがそんなに遠い国ではないということはわかっていたが、アントワーヌとその家族が住んでいる城《シャトー》とぶどう園は相当人里離れたところにあるらしいことを、ケイトは彼の話から推察していた。

しかし、それすらも障害にはならなかった。なぜなら最後の夜、しゃれたフランス料理のレストランで食事をしたあと、アントワーヌが結婚を申し込んできたからだ。二人は木々の間を通り過ぎるそよ風のささやきを聞きながら公園の小道を散歩していた。アントワーヌは立ち止まり、ケイトに口づけをしてから、結婚してくれるかときいたのだった。

「ああ、アントワーヌ！」ケイトは長いまつげに涙をいっぱいにためて彼を見上げた。それ以上言葉が出なかったのだ。

「おやおや、どうしたんだい、愛しい人《シェリ》。泣いている場合じゃないだろう？」アントワーヌはそう言ってからかった。

「ううん、泣いてるんじゃないの。ただ……ただ……あんまり幸せすぎて」

「それは理屈に合っている。とても女性的だが、理屈には合っている」アントワーヌはケイトをいっそう強く抱き寄せた。「それじゃ、答えはイエスなんだね？」

「もちろんよ！　きかなくてもいいぐらい！」ケイトは手をアントワーヌの首に回してキスをした。

「だが、きかなくてはならなかったんだよ」彼の顔に一瞬不安の影がさしたように思ったのは、ケイトの見間違いだったのだろうか。それはたぶん通り過ぎる車のライトの加減だったのだろう。「きかなくてはならなかったんだ、マイ・スイート。君のような娘は……そう、きかなくてはならなかったんだ」それからアントワーヌは頭を下げて、息も絶え絶えになるような狂おしい口づけをしたのだった。

次の朝、彼はフランスへ飛び立っていった。一カ月後にケイトが後を追ってくること、その翌日に結婚式を挙げることを固く約束して。

「忘れるんじゃないよ、マイ・ラブ」さよならの口づけをするアントワーヌの顔は悲痛な悲しみに打ちひしがれていた。ケイトはあとになってようやくその理由《わけ》がわかったのだったが。「僕が君を愛していることを忘れるんじゃないよ。たとえ何が起こっても……」

「そんなこと言わないで！」突然、予期していなかった恐れの感覚にとらわれて、ケイトは彼の胸に顔をうずめた。「何も起こらないわ、何も……私たちがもうすぐ結婚して、ずっと幸福に暮らしていくということ以外は」アントワーヌの男らしく美しい顔立ちの一つ一つを記憶に刻みつけようと、ケイトは目を彼の顔の上に泳がせた。「あなたのお母様が私たちの結婚に反対なさらなければいいのだけど、アントワーヌ」彼の話しぶりから察して、彼の母親はあくまでも自分の考えを押し通す意志の強い女性であるようだ。

「もちろん反対なんかするもんか。一目見たとたん、おふくろだって僕と同じくらいに君のことを好きになるに決まっているさ」気弱な笑みがアントワーヌの唇に浮かび、彼は「ほとんど同じぐらいに、ね」と言い直した。

ケイトは再び彼の顔をうかがった。飛行機が飛び去ったあとも、彼女は、アントワーヌが口ほどには自信を持っていないのではないかという思いに苦しめられた。

だが一カ月後、アントワーヌと式を挙げるためにリヨン空港に降り立ったケイトは、そんなやりとりをしたことさえ忘れてしまっていた。空港に迎えにきたのが運転手だけで、アントワーヌの母親のマダム・サヴォネ・モルレでも、姉のベルニスでもなかったことは少し期待外れだった。アントワーヌは急にハンブルクに行かなくてはならなくなったと前の日電話をかけてきていた。

〝できるだけ早く帰ってくるよ。もちろん式には間に合うようにするから心配ない〟電話の向こうでアントワーヌはケイトを安心させるように言ったものだった。

むっつりと黙りこくった運転手の後ろの座席から見るじめじめとした寒い灰色の景色は、ケイトの思い描いていたフランスとはずいぶんかけ離れたものだった。ル・ピュイを過ぎたあたりから、火山で奇妙に変形した地形がところどころに見られる荒涼とした風景が窓の外に広がってきた。

幹線道路をそれて、車が曲がりくねった脇道《わきみち》に入るころには、もう日は翳《かげ》り始めていた。灌木《かんぼく》に邪魔されながら何キロも進んでいくと、ようやく城《シャトー》の門が見えてきた。そのたたずまいは、サヴォネ・モルレ家の偉大さを世間に誇っているかのようだった。車が城の前に止まったとき、ケイトはほっとして前方を見つめたが、玄関の扉は歓迎のために開け放されているわけでもなかったし、閉めきった窓にかかったカーテン一つ動くわけでもなかった。

アントワーヌの母のマダム・サヴォネ・モルレは息子よりも髪と目の色が濃く、魅力というものに全く欠けていたから、両者の共通点を見いだすのは至難の業だった。彼女は思ったより年を取っていて、濃いメイクアップもしわを隠しおおせないでいる。落ちくぼんだ鋭い目が彼女に隙《すき》のない意地悪な印象を与えていた。

「マドモワゼル」マダム・サヴォネ・モルレは形ばかりにケイトの手を握ると、サロンの方に案内しながら早口のフランス語で何かたて続けにしゃべった。ケイトは一言も理解できなかった。

「すみません、マダム」一番簡単な単語でさえも出てこないのが不思議だ。「私、あなたのお国の言葉を習い始めたばかりで、まだあまり上達していないんです」

マダムは振り返り、一瞬じっとケイトを見つめたが、一方通行の会話では仕方がないと思ったのか、やがて強い訛のある英語を話し始めた。

ケイトは色あせた座り心地の悪い椅子をすすめられ、大理石のテーブルをはさんでマダムと向き合った。

「息子の話ですと、あなたはモデルをしておられたそうですね」マダムは薄い紅茶のカップを手渡しながら言った。その顔には不賛成の意が色濃くにじみ出ている。

ケイトは味のない、冷めた紅茶を一口飲んだ。

「ええ。私とアントワーヌは、クルクンディスのファッション・ショーで出会ったんです」

ケイトの期待に反して、マダムはその著名なデザイナーの名を聞いたこともないらしかった。「それで、ご両親はいらっしゃいますの？」

「はい。手紙でも申し上げましたように、私には母と義理の父がおります。あいにく今、南アメリカを旅行中で連絡が取れないんです」

「イギリスじゃ、娘が、親の忠告や許しを得ずに結婚するのがふつうなんですの？」マダムはくっきりとした細い眉を上げた。

「ふつうじゃありません。でも私はこういうことを自分で決める年齢に達していると思っていますから」ケイトは震える手でカップを置いた。親には相談せずに二人きりの結婚式を挙げることにロマンチックなあこがれを抱いていたことや、偶然両親が不在であったためにその夢を実現する機会を得たことなどを、この冷たく不親切な女に打ち明ける気にはなれなかった。向かい側に座った女の顔には、独善的なほほえみが浮かんでいる。なぜこの人はこんな顔をするのだろう？　全くわけのわからないまま、ケイトは背筋に冷気が走るのを覚えた。

「では、あなたのお部屋に案内させますわ、マドモワゼル。何かご用があればメイドに申しつけてくださいましな」マダムは指輪をたくさんはめた手でテーブルの下のボタンを押した。

「ああ、どうか私をケイトと呼んでください。私たちとても近い関係になるのですから……」ケイトは思わず身を乗り出して言った。

「あなたが息子と結婚したあとはそうさせていただきます」再び満足げな表情がマダムの顔をよぎった。「それまでは、きちんとした形式を取りたいと思いますのでね」

「わかりました」ケイトは頬を染め、うつむいて膝の上のハンドバッグを手でもてあそんだ。

やがてベルで呼ばれたメイドが部屋に入ってきた。マダムは早口のフランス語で何か言った。どうやら客を部屋に案内するようにと言いつけているらしい。ケイトは立ち上がった。疲労で脚ががくがくしている。

「アントワーヌは、やはり今夜は帰ってこられないのでしょうか?」ケイトは思いきってたずねた。

「それは無理です。ご存知のように息子は今、重要な仕事上の打ち合わせでハンブルクにいますのでね。今夜のディナーは私の継娘も一緒ですし、お客様も少しお呼びしてあるので寂しくはありませんよ。それにもう明日は結婚式でしょう。心配には及びませんよ、マドモワゼル。アントワーヌ・シャルルは間違いなく明日教会であなたを待っていることでしょうから」

メイドの後をついて広く重々しい感じのホールを横切りながら、ケイトは、ヨーロッパのこの地域では他の場所に比べて時計の針の進むのが遅いのではないかという印象を持った。城《シャトー》の荘厳さは歴史家の興味を満足させるには最適かもしれないが、どう見てもホームという感じには程遠い。この百年というもの、誰一人としてここを住みやすくしようという努力を払ってはこなかったように思われる。

黒い服に黒いストッキング、フリルのついた白い帽子にエプロンといういでたちのメイドでさえ、三十年代のミュージカル・コメディから抜け出てきたかのようだ。もっとも、あんなにいかめしい顔をしているのでは、とてもコメディになど出られたものではないけれど。

城《シャトー》に住むことは、本当に私が考えていたほどロマンチックなことなのだろうか？　長く続く石の廊下や、高い天井や、冷たい白と黒の大理石は、私の想像していたものとはずいぶん違っていた。太陽の光が降り注ぐロンドンの市街や、虫の鳴き声でにぎやかな夕暮れの公園のことが、懐かしく思い出される。

果てしなく続くのではないかと思うほどに長い廊下の突き当たりでメイドはようやく足を止め、重い木のドアを開けて、ケイトを先に通すために体をずらした。

「ありがとう」しばらくの間ケイトは部屋の入口にたたずんで陰気な室内を見回した。それから彼女は何かたずねようとして振り向いたのだが、適当な言葉を思いつかないうちに、目の前で音高くドアを閉められてしまった。

部屋は大きく、高い丸天井には聖書に題材を取った絵が描かれている。教会か音楽堂にはふさわしいかもしれないが、寝ながら見るのに楽しい絵だとは思えなかった。結婚したら私とアントワーヌはこのベッドに寝るのだろうか。天使ガブリエルに見守られながら、私たちは愛を交わすのだろうか。ケイトは身震いし、それから自分の突飛な考えに苦笑した。

部屋の壁は、もとは緑だが今はすっかり色あせてしまったシルクで張られている。カーテンとカバーは重々しい緑の布で、家具も古めかしい暗い色のものばかりだ。

ケイトはため息をついて窓に近寄り、低くたれこめた雲を眺めた。いつの間にか雨も降り始めている。お天気さえも、生涯で最も希望に満ちているはずの日を暗く陰気なものにするのに一役買っているように見える。もしも今、母がそばにいてくれたら——ふつうの結婚式のように友達や親戚《しんせき》に取り囲まれていたら、どんなにか心強かったことだろう。

ルームメイトのヒラリーの言った言葉がふとよみがえってきた。

「あなた、本当に正しいことをしてるんだって自信ある？　私なら家族や友達の出席しない結婚式なんていやだな」

「だって私はそういう結婚式がしたかったんだもの。少し変わったことをしてみたかったのよ。わかるでしょ、ヒラリー」

「そうね、私はただ……結局、あなたはアントワーヌのことをあまりよくは知らないんじゃないの？」

「彼が私にとっては唯一の男性だということがわかる程度にはよく知っているわ」怒りのためにケイトの頬に赤みがさした。ヒラリーの言葉にどれだけ傷ついたかを悟られまいとして、彼女は小さく笑った。

「もし結婚式に出席できないのがつまらないんだったら、心配しないで。ギリシャの新婚旅行から帰ったら、サヴォワで大パーティーをやろうってアントワーヌと計画しているの。そうなったら、あなたは一番のお客様よ。そのときまでには母とアンドリューも帰ってきてるでしょうしね」

「あなたのお母さんはさぞ怒るでしょうね。うちの母ならきっとかんかんだわ」ヒラリーの母は、娘がお腹《なか》をすかしているのではないかと心配して、定期的に食料品を詰めた箱を送ってくるような人なのだ。

「私の母は私を信用してくれてるの」そう答えながらケイトは、これは本当のことなのだろうかと自問していた。母は単に、二十年間育ててきた娘よりも、自分の新しい夫のほうに夢中になっているというだけのことではないのか？　そして私があわただしい挙式のプランにこんなに熱中したのも、何か隠された理由があったのではないだろうか？　六カ月前、ニューヨークの母から電報を受け取ったときのショックを、今度は母に味わわせてみたいという願望が私の内にあったことは否定できない。

電報の文面はこうだった。〈アンドリューと私は今朝結婚しました。最高に幸せです。くわしくは手紙で。愛する娘へ。ママより〉

一週間後、白いレターペーパーに大きな丸い字の並んだエアメールが届いた。

〈だから、わかるでしょう、ダーリン〉手紙はこう結んであった。〈とっても急ぐ必要があったの。アンドリューは、このエクアドルへの旅行のチャンスを逃すわけにはいかなかったし、私を一緒に連れていきたいと強く希望したのよ。そのためには早急に結婚する必要があったってわけ。南米には八カ月の滞在予定です。ニューヨークに帰ったら、いつでも来てちょうだい。好きなだけいてくれればいいのよ〉

ケイトは自分の受けたショックを皮肉っぽい微笑でごまかした。都会が好きで、香りをつけたおふろとおいしい食事を何よりも好む母が、未開発の南アメリカで何カ月も過ごすなんて！　そう、心を深く傷つけられないためには、そこにユーモアを見いだすことが最良の方法なのだ。だから今度私が同じことをしたからといって母親に怒る権利などあるだろうか。第一、私には連絡先さえもはっきりわかっていないのだ。「とにかく」ケイトは自分自身を説得するために言った。「アントワーヌなら、どんなお母さんだって気に入るわ。ハンサムで、お金持で――それにお城まで持ってるんですものね」ケイトは最後のほうは冗談めかして言った。

「ふーん、お城ねえ。そりゃお城はすてきだけど」ヒラリーの口調があまりにも疑わしげだったので、彼女は少しばかり嫉妬《しっと》しているに違いないとケイトは結論づけたのだった。

窓を離れて陰気な緑の部屋へ向き直ったケイトは、弱々しい小さな笑みをもらした。少なくともお城に関してだけは、間違っていなかった。こういう場所を呼ぶのにそれ以外にふさわしい言葉はないだろうから。巨大な鉄の門、金の棟飾り、柱の上から入口を護衛している二匹のグレーハウンドの石像――こうしたものは皆、ふつうの家では見られないものばかりだ。だが、空港からこちらへ来るときに見た小さいけれど感じのいいヴィラに行けると言われれば、ケイトは何をおいてもそうしたことだろう。

その晩のディナーには、マダムが約束したとおり、アントワーヌの腹違いの姉のベルニスと、二組の中年の夫婦が同席していた。どちらの夫婦も英語を話さなかったし、見たところマダムを恐れはばかるあまりにフランス語もほとんど話していないようだった。

ダイニングルームもまた、他の部屋と同様、決して人を歓迎するような雰囲気ではなかった。この家には部屋を陰気にする何か特別なしかけでもあるのかと疑ってみたくもなる。この部屋は、ぴかぴかに磨かれた細長いテーブルの上の、六つの枝に分かれた燭台と、何十という電球のついたクリスタルのシャンデリアで必要以上に照明されているのに、なぜか暗い感じがするのだ。

たぶんそれは、ここにいる人たちの服装のせいだろう。ケイトはマダム・サヴォネ・モルレと並んで席に着きながらそう思った。なぜなら男も女も一様に黒い服を着ていたからだ。ケイトの着ているサファイアブルーのシフォンだけが明るい色彩を放っている。これを着て下りてきたとき、マダムは明らかに不賛成の色を浮かべた。このドレスを選んだのは、これがアントワーヌのお気に入りだからだということをマダムに説明したところで何になろう？　最後の瞬間まで私は、アントワーヌが部屋に入ってきて私の上に身をかがめ、頰にキスしてくれることを待ちのぞんでいるのだ――そう、皆の前で。彼が明日の朝結婚するのはこの女性なのだと皆に知らせるために。そうしてくれれば私はどんなに安心することだろう。

そしてそのあとで二人っきりになったときに、彼は、このドレスやっぱりよく似合うね、とささやいてくれるだろう。そして私を寝室まで送ってくれ、かすれた声で「おやすみ《ボンソワール》」を言うだろう。明日のこの時間には二人はパリのホテルにいることを、そしてそれから一週間、二人はギリシャで愛に満ちた日々を送るのだということを、彼は思い出させてくれるだろう。

だが、そんなことを期待したって何になるだろう？　アントワーヌが今夜帰ってきてくれる望みはもうないのだから。ケイトの目に涙が浮かんできた。

急いでまばたきをして涙を振り払ったとき、彼女は、マダムが自分に向かって何か話しかけてきていることに気づいた。

「今日のお客様は誰も英語を話せないんですよ。ごめんなさいね、マドモワゼル。何しろここは奥まった小さな村だものですから。私とベルニスのお相手で我慢してくださいな」マダムは耳障りな声で短く笑った。四人の客たちは全く話の内容が理解できないらしく、神経質なほほえみを浮かべている。

「どうぞ、お気になさらないでください、マダム」ケイトは、向かい側に座ったアントワーヌの姉ベルニスの温かい視線をありがたく思いながら答えた。「なるべく早くフランス語を覚えたいと思っています。アントワーヌが発ったあとレッスンを始めたのですけれど、忙しくてあまり進まなかったんです。学校でスペイン語の代わりにフランス語をやっておけばよかったんですけど」

「すぐに覚えられますよ」ベルニスははにかんだような笑いを浮かべ、継母の方にちらりと気弱な視線を投げかけた。「買い物をしたり家事をしたりするのに、どうしても使わなきゃならないんだから、自然に話せるようになると思うわ」

「そうね《ウイ》」マダムは会話を打ち切るようにさっと椅子を引いて立ち上がった。

一同はサロンの窓に向かって丸く座り、コーヒーを飲んだ。ようやく雨はやみ、薄いもやが地上に低くたれこめている。

マダム・サヴォネ・モルレはケイトの方を振り向き、長いべっこうのパイプで中庭を指し示した。

「明日、結婚式のあと、あそこで会食をするんですよ。長いテーブルと椅子はもう台所の横の廊下に用意してあります。あとはお天気がよくなるのを待つばかりですね」

「ええ」ケイトは窓の外の物寂しい風景を眺めながら、せめて雨が上がったことを喜ばなくてはと思った。「でも、もし雨が降ったら？」

「ああ、もし雨が降ったらね」マダムの顔に謎《なぞ》めいた微笑が浮かんだ。「雨が降ったら、新婚旅行のことのほうがもっと心配なんじゃありませんか？」ケイトの頬が赤く染まるのを見て、マダムは笑い、早口のフランス語で客たちに何か説明した。客たちは従順なほほえみを浮かべた。

やがて客たちは、お城への招待というたいへんな名誉を与えてくれたマダムに何度も何度もお礼を言って帰っていった。マダムが見送りのためにホールに出ていったので、ケイトはしばらくの間ベルニスと二人きりになった。ベルニスは人のよさそうなほほえみを浮かべてケイトの方に向き直った。彼女は平凡な顔立ちの中年の女性で、見たところ完全に継母の支配下に置かれているように思われた。

「あなたが私たちの家族に加わってくださってうれ

しいわ」ベルニスの英語はマダム以上に訛があってわかりにくかった。「アントワーヌ・シャルルはとってもいい人よ」

ケイトの心はなごんだ。明日アントワーヌと結婚するのだと思うと気持がぱっと明るくなった。「ありがとう、ベルニス。あなた方は皆、彼のことをアントワーヌ・シャルルと呼ぶんですか?」

「ああ、それは二人を区別するためなのよ」ベルニスがそう言いかけたとき、マダム・サヴォネ・モルレが部屋に入ってきた。彼女は疑わしげな顔で二人を見比べ、それからベルニスに向かって矢継ぎ早に質問を浴びせかけた。明らかに、今二人が何を話していたのかを問いただしている様子だった。

「それじゃ、マドモワゼル、二階へ行きましょう。ウエディング・ヴェールをお見せしますよ」マダムが言った。

「でも……私はヴェールはかぶらないつもりなんです。シンプルなデザインのドレスなので、それに合わせて帽子をかぶるつもりです。柔らかい素材のつば広帽で、片側にお花をつけて……」ケイトの声がだんだん小さくなった。マダムが決然とした態度でかぶりを振ったからだ。

「それはだめです。こちらにいらっしゃい」マダムはドアに向かってさっさと歩き出した。

ケイトは助けを求めるようにベルニスの方を見たが、彼女は肩をすくめ、首を振るばかりだった。ケイトは仕方なくマダムの後についてホールを横切り、らせん階段を上っていった。壁には先祖の肖像画がずらりと並び、ケイトを見下ろしている。

「おわかりでしょう、マドモワゼル。サヴォネ・モルレ家の花嫁は皆、家に古くから伝わるヴェールをかぶるのですよ」マダムは鳥の足のように骨ばった手で肖像画を指さした。指さされた方向には、エドワード王時代の衣装をまとった若い婦人の像と、もっと古いものだと思われる肖像画の二つがかかっている。なるほど、その二人の婦人は両方とも薄い絹のヴェールをかぶっていた。ヴェールには花や鳥の模様の凝った手刺繡《ししゅう》がほどこされ、真珠の王冠で頭の上にとめられている。

こんなものをかぶれば、クルーが私のために特別にデザインしてくれた愛らしいドレスが台無しになってしまうだろう。何とか断ることはできないだろうか。ベッドの上に出されたヴェールを一目見て、ケイトはますます思いを強めた。それは年代を経て黄ばんでおり、真っ白なドレスと並べると、薄汚れたきたない感じさえ与えるのではないかと思われたからだ。だがマダムは、どんな抗議をも頑として受けつけそうになかった。ケイトは肩をすくめた。家庭の平和のためなら、小さな犠牲を払うことなど何でもないではないか。これでマダムのつっけんどんな態度が少しでも緩和されるというのなら、私は喜んでヴェールをかぶろう。だがこのかさの多い、ぶ厚い刺繡のほどこされたヴェールが薄暗い教会の中ではたいそう効果的な遮断幕になることに、ケイトは翌日になるまで気づかなかったのである。

翌朝、空港から送られてきたのと同じリムジンで、同じように押し黙った運転手の後ろに座って教会へ向かうのは妙な感じだった。横にはマダム・サヴォネ・モルレが座っている。ケイトは唇を強く嚙《か》んで、窓の外のどんよりした風景を眺めた。

この試練を乗り越えさえすれば、アントワーヌに会えるのだ。アントワーヌ。彼の腕が巻きつけられ、彼の唇が重ねられる。そう考えただけで、不安がいっぺんに消し飛んでいくようだ。アントワーヌ。間もなく私は彼の胸に抱かれ、彼に守られているという実感を持つことだろう。

「着きましたよ、マドモワゼル」堅苦しく有無を言わせないようなマダムの口調が、ケイトの物思いを破った。車は石の階段のたもとに横づけになっている。見上げると、石段のてっぺんに小さな教会が建っていた。

段々は二十ばかりあった。マダムががっちりと肘を支えていたので、ケイトはドレスのすそが汚れないように注意することに専心した。あれだけ使用人がいるのに、一人ぐらい結婚式に備えて石段を掃いておくことを思いついたっていいだろうに、とケイトはひそかに思った。階段を上りきったところでマダムはほほえみ、手を伸ばしてヴェールをケイトの顔の前にたらした。

「とても美しい花嫁さんだわ」マダムはそう言うと、ケイトに腕を貸し、教会の中へと連れていった。

白ずくめの衣服に豪華な金の飾りをつけた老神父が、にこやかにケイトを招じ入れる。彼女はまわりの美しさと物珍しさとにぼうっとなったまま、おずおずと前に進んだ。祭壇に飾られたアラム・リリーの強い香りと、香炉からたちのぼる匂いとが、エキゾチックな雰囲気をかもし出している。フランスの城《シャトー》の中の、プライベート・チャペルでの、誰一人身寄りも友達も出席しないこんな結婚式こそ、私が長い間夢見てきたものではないか。こんなにありきたりでない、ロマンチックな式が他にあるだろうか？

ケイトの手がアントワーヌの手にしっかりと握り合わされた。彼女はちらりとアントワーヌの方に視線を走らせた。

彼は何て背が高いんだろう——思っていたより高いぐらいだ。それに彼は違うコロンをつけている。ロンドンにいたとき、コロンのことで彼をからかったことを思い出して、ケイトの心は温かくなった。彼のコロンは高級品だが一般に人気のあるもので、ケイトは、このコロンをつけているのは私のボーイフレンドの中では三人目だと言ったのだ。アントワーヌは少しばかり気を悪くしていたが、そのことを忘れてはいなかったらしい。今度のコロンのほうがよりデリケートで洗練された香りがする。ケイトがつないだ手に力をこめると、アントワーヌも強く握り返してきた。ケイトの胸は愛と喜びとでいっぱいになった。

やがて二人は祭壇を下り、小さな礼拝室で書類に二度サインをした。一つは教会用、一つは役場に出すためだ。それから花婿が、花嫁にキスするためにヴェールを持ち上げるときがきた。そのときになって初めて、ケイトは、自分の前にいるのがアントワーヌに非常によく似てはいるが、今までに一度も見たことのない男であることに気づいたのだった。男の唇が近づいてきたときケイトの口から思わずもれた叫び声は、大きくなったオルガンの音にかき消されてしまった。

2

「静かに、ケイト！」声はやさしかったが、それはあくまでも一つの命令だった。同時に男の唇がケイトの唇に重ねられた。二人の背後で、こんな小さな教会にしては大きすぎるほどのオルガンの音が、荘厳な調べを奏で続けている。「もしあなたがアントワーヌのために最良のことをしたいと思うのなら、一言も口をきいてはいけません」男の口調があまりにもきっぱりしていたので、ケイトは血の気の失《う》せた唇から今にも飛び出そうとしていた抵抗の言葉を、そのままのみ込んだ。

ケイトは、自分がたった今結婚した男が、神父に向かって何か言うのを聞いた。神父が祝福の言葉を述べる間、彼の手はケイトをしっかりと支えていた。ケイトの頭の上で床と天井がぐるぐる回り始めた。男の手がウエストを支えていなかったら、彼女は床にくずおれていたことだろう。それから二人はオルガンの音楽に合わせて真ん中の通路を歩いていった。通路の両側では招待客と使用人たちがずらりと並び、口々におめでとうを言いながらにこやかに笑っている。

ケイトは何度かアントワーヌ・シャルルという名前を耳にしたが、横にいる男を振り向いてみようともしなかったし、マダム・アントワーヌ・シャルルとは自分のことらしいとおぼろげに感じても、少しも表情を変えなかった。二人は止めてある車に向かって石段を下りていった。ケイトの肘を支える男の手は、この石段を上ってくるときのマダムの手と同様、力強く、また支配的であった。石段のたもとでは運転手が車の扉を開けて待っていた。男とケイトは車に乗り込んだ。

車が動き始めたときになって初めて、ケイトは礼拝室で受けたショックによる茫然《ぼうぜん》自失の状態から少し立ち直ることができた。彼女は横にいる男の方を向いて震える声で詰問した。「何があったの？　アントワーヌはどこ？」

「しーっ！　ちょっと待って」男はアントワーヌと同じくらいに流暢《りゅうちょう》な英語を話した。声もよく似ていたが、こちらのほうがより深みのある声で、どこか人の心を惑わせるような甘さを持っている。男は運転席と後部座席とを遮断するガラスのパネルを閉じるボタンを押した。それからようやく男は半身をケイトの方に向けた。

男はアントワーヌに本当によく似ていた。顔が少し細いのと、表情がより厳しく鋭いことを除けば。目もアントワーヌと同じくらいに濃い色をしていたが、少しつり上がっていて、先祖に東洋の血が混じっているかのように思われた。今、その黒い目は査定するようにじっとケイトを見つめている。やがて彼は真っ白な歯をきらりと光らせてほほえんだ。

「何を考えているんです？　ひょっとしたら僕が本物のアントワーヌじゃないのかと思っているんじゃありませんか？」彼はどこかおもしろがっているようだった。

「違います」違う、決してそうじゃないとケイトは思った。胸は服の上からでもわかるほどに激しく動悸《どうき》を打ち、顔の色はドレスと同じくらい蒼白《そうはく》になっている。残っている気力をかき集めて、ケイトはできる限りきっぱりとした口調で言った。「どうしてこんな間違いが起きたのか教えていただけませんか。そして……そして、アントワーヌに何が起こったのかを教えてください！」

「僕を信頼してくれますか？　理由《わけ》はいずれあとでゆっくり話します。それまでは僕を信頼して、僕の言うとおりにしてほしいんです」

「あなたを信頼する？　なぜ私があなたを信頼しなきゃならないんです？」ケイトは声にありったけの軽蔑《けいべつ》をこめたつもりだったが、それは単にヒステリックな叫びになっただけだった。

「なぜかというと、あなたが信頼できる人は他に誰もいないと思うからです」男の黒い目が射るようにケイトを見た。

「私はこれから会う人に手当たり次第、あなたが私の結婚するはずの人ではなかったと言うわ！」

男は短く笑った。「それならあなたはなぜあのとき教会でそう言わなかったんです？　あなたは僕のキスを受けたし、僕の腕につかまって退場もした。今さらそんなことを言ったって誰も信じないでしょう。皆はあなたが乙女らしく恥じらっているだけだと思うでしょうね。こんなとき力になってくれる母親がいないのはかわいそうだが、やさしい夫がそんなことを忘れさせてくれるだろう、とね」

「私はあなたが嫌いよ！」ケイトは衝動的にこぶしを振り上げて男の胸を打った。だがすぐに彼女の手はとらえられ、輝くばかりに白いシャツの上に押さえ込まれた。「あなたが嫌いよ！」ケイトは繰り返して言ったが、手に伝わってくる彼の胸の鼓動の力強さと、握った手の温かさは、彼女に奇妙なやすらぎを与えてくれた。彼女のすすり泣きはいつの間にかおさまった。男はケイトを離し、ポケットからハンカチを出して頬の涙をぬぐってくれた。

「悪かったね、僕のかわいい人《マ・プチット》」その口調があまりにやさしかったので、ケイトは、本当にこの人はアントワーヌではないのかと、一瞬疑ったぐらいだった。「君に意地悪をしたりして、許してくれたまえ。アントワーヌと約束したんだよ。彼の大事なケイトには特別やさしくすると」

「アントワーヌ？」ケイトは菫色《すみれいろ》の目を上げて男を見た。

「そう──アントワーヌは僕のいとこだ。彼のために僕はこのばかげた芝居を打つことに同意したんだよ」

「それじゃ、アントワーヌがあなたに頼んだっていうの？　こんなふうにするようにと」

「そのとおり」

「嘘《うそ》よ！　そんなこと信じられないわ」

ケイトは顔をそむけた。目は窓の外に向けてはいたが、彼女は移りゆく風景を何一つ見てはいなかった。車はいつの間にか広い門を抜け、グレーハウンドの石像の前を通って城の玄関に横づけになった。

「さて、どうする？　君は僕を信用するかい？」男の声はやさしかった。ケイトは車道の砂利を見つめていた目を男の方に向けた。

「いいえ、いいえ！」自分自身の決心を固めようとするかのように、ケイトは激しくかぶりを振った。

「誰が信用するものですか、あなたなんか！　アントワーヌはどこにいるの？　なぜ彼は私のことをあなたに頼んだりしたの？　私と結婚したいのは彼自身のはずなのに！」

ケイトが再びこぶしを振り上げて男の胸を打とうとしたとき、運転席のドアが開いて運転手が降りてくるのが見えた。

「静かにするんだ！」男は厳しい声でそう言うと、乱暴にケイトの手を押さえた。「もし君がアントワーヌを助けたいと思うなら、僕の言うとおりにしろ。そのほうがいい。君の行動は逐一、僕の伯母に報告されるんだからね。伯母をこれ以上いい気にさせるって手はないよ」

「アントワーヌを、助ける？」ケイトの混乱した頭に入ってきたのはその言葉だけだった。「それは、どういう意味？　彼は危険にさらされているっていうの？」

「いいや、そうじゃないよ。大丈夫、彼は安全なところにいる。今は説明できないが、ともかく僕と一緒にいる限り、君も安全なんだということだけは言える。早いとこ、この結婚式に関するいっさいの行事をすましてしまおう。そうしたら何もかも説明してあげるよ。それまではただ、僕を信頼してくれればいい」

不思議なことに、ケイトは言われたとおり素直に男を信じる気持になった。あとで考えてもなぜなのかはよくわからない。城《シャトー》の中で他に信頼できる人間がいなかったからだろうか。マダムはもちろん問題外だ。ベルニスは？　あの人だって一部始終を知っていたはずなのに何も言ってくれなかった。あるいは、私はこの背の高い支配的な男が信頼できる人間であることを直観的に見抜いたのかもしれない。理由はどうであれ、ケイトは彼がそばにいるという事実だけをよりどころにして、この悪夢のような結婚劇に突入していったのだった。

本当のアントワーヌと一緒なら、さぞ胸をときめかしたことだろう。細長いテーブルには雪のように真っ白なダマスク織のテーブルクロスがかけられ、その上にはきらめくクリスタルのグラス類がセットされている。教会の式に出席した二十人の客がテーブルに着いていた。昨晩来た二組の夫婦には見覚えはあったが、他には誰一人として知った顔はなかった。マダムは客たちから料理のすばらしさを誉《ほ》められて満足げにうなずき返していたが、その勝ち誇った目はケイトの顔からいっときも離れようとはしなかった。

花嫁が黙りがちで料理にほとんど手をつけようとしないのも、彼女がたいそう若く、また不運なことにこの一生に一度の記念日に母親に付き添われていないせいに違いない、だがその反面、彼女はアントワーヌ・シャルルのように行き届いた夫を持って幸せだと客たちは考えているようだった。

ケイトは、自分が結婚したことになっている男がしゃべるのを聞いていた。どうやら彼はおもしろいことを言って客たちを楽しませているようだ。客の中でも比較的若い女たちが羨望《せんぼう》の目をケイトの方に向けることも一度や二度ではなかった。だがケイトはそんなことすべてに無感動なまま、ただ前を向いて座っていた。まわりで起こっていることは皆、ケイト・エラデイルとは何の関係もないのだというように。

しかし一度だけケイトが自制心を失いかけたことがあった。それは客たちと機嫌よく話をしていたマダム・サヴォネ・モルレが軽蔑したような笑いを浮かべてケイトの方に向き直ったときだった。

「そろそろ着替えのお時間じゃありませんか、マドモワゼル。あら、失礼、もうマドモワゼルじゃなくてマダムでしたわね」

ケイトの顔は怒りのために真っ赤になった。だが彼女が鋭く何か言い返そうとしたとき、アントワーヌ・シャルルの手がそっと彼女の手にふれた。

「着替えの時間だよ、愛しい人《シェリ》」その口調は客たちの期待に充分そうほどやさしかった。ケイトは一瞬、彼の目を見つめた。ケイトを見返した彼の目の奥深いところに賞賛の色が浮かんだ。

「では着替えてまいりますわ」ケイトはマダムの方に向き直って答えた。ベルニスが席を立ってきて、何か手伝うことはないかときいた。「ありがとう、ベルニス。それじゃ、このヴェールのピンを取ってくださる？」ケイトはありったけの気力をかき集め、冷静さを装って言った。

ベルニスがヴェールから外したピンを手渡すと、ケイトは礼を言い、あいまいな微笑を客たちに向けて、庭から建物の方へ歩いていった。

そのとき小さなそよ風が吹いてきたのはほんの偶然だった。ヴェールは壁にはわせてあった野ばらにひっかかった。ケイトが急いでそれを引っ張ったので、ヴェールはびりびりに破れてしまった。

マダム・サヴォネ・モルレが悲鳴をあげて飛んできた。彼女は怒りに顔をゆがめ、悪態をつきながら、とげにひっかかったフィルムのように薄いヴェールを必死で外しにかかった。ケイトは勝ち誇った笑みを浮かべるとマダムにくるりと背を向け、足早に家の中に入っていった。

ベッドルームの長い鏡に向かって、ケイトはしばらくの間ウエディングドレスを着た自分の姿を見つめていた。それからやにわに彼女はドレスを脱ぎ捨て、デリケートな下着も全部取ってしまうと、はき古したジーンズとシンプルなチェックのブラウスに着替えた。

ケイトは最初着るつもりにしていたクリーム色のチャーミングなスーツを、脱ぎ捨てたウエディングドレスと一緒にスーツケースに押し込んだ。自分のすすり泣きが部屋から廊下にまで響き渡っていることには気づかなかった。スーツケースのふたを無理に閉めようとしているとき、部屋のドアが開く音が聞こえた。振り返ってみなくても、マダムがそこに立って自分を見つめていることが、ケイトにはわかっていた。

「取り返しのつかないことをしてくれたわね、あなたは。貴重なものを台無しにしてしまって」

「台無しに？　何をですの？」ケイトはしらばっくれてマダムの方を振り向いたが、白くなるほどに握りしめられた手が内心の感情をあらわにしていた。「ああ、その古ぼけたヴェールのことですか。でも、それはもう充分に役目を果たしたじゃありませんか。私の目から真実をおおい隠すという役割をね。あなたは私に何をなさったんです、マダム。私と、アントワーヌとに？」ケイトの声は震えた。

マダムは不愉快な笑い声をあげた。「あなたのことは知らないわ、マドモワゼル。でもアントワーヌは――ああ、私の息子《モン・フィス》、私のかわいい息子《モン・シェール・フィス》。私のかわいそうな、ばかな息子！　あの子のためなら私は何でもやるわ。あの子を守ってやるためには！」

マダムの顔に浮かんだ弱々しさと悪意との混じり合った表情は、何とも無気味なものだった。ケイトは背筋に寒気が走るのを覚えた。

「だけど、なぜなんです、マダム。なぜなんですか。なぜ私をこんな……こんな……」ケイトは唇を噛《か》み、向かい合って立っている女の冷たく陰気な顔をすがるように見つめた。「アントワーヌはどこにいるんですか？　彼は病気なんですか？　何か悪いことでも起こって……」

「アントワーヌは無事です。あの子は手遅れになる前に正気に戻ったというだけのことなのよ」マダムの顔には満足げな冷笑が浮かんだ。「あなたのような娘が――店の売り子とたいして変わらないような身分の娘が、サヴォネ・モルレ家の当主と結婚できるだなんて本気で思っていたの？　うちはフランスでも最も古い家柄の一つで、三世紀の間外国人の血が混じったことはないんですよ。私が息子に、そんな間違いを許すと思うの？　なぜそんなばかなことを考えたの？　あなたが、私たちのことを何もわかっていないイギリス人のあなたが！」

「それじゃなぜそれを私に言ってくださらなかったんです？」ケイトの自制心は崩れ去り、涙が滝のように頬を伝って流れた。「なぜ誰かがそれを言ってくれなかったんですか？　なぜアントワーヌは、私にそのことを言ってくれなかったんですか？　なぜこんなばかげたショーを、見せかけだけの結婚式をしなくちゃならなかったんですか！」

長い沈黙があった。マダムはその石炭のように黒い目を満足げに光らせていた。「アントワーヌ。かわいいアントワーヌ。あの子は心のやさしい子なのよ。あなたを失望させたくないと思ったに違いないわ。こちらへ帰ってみてあの子は、あなたとの結婚がいかに不適当であるかに気づいて気持を変えたの。だけどそのことをあなたに伝えるには忍びなかった。だからすべてを母親である私の裁量に任せたのよ。でもね、マドモワゼル、これを見せかけだけの結婚式と呼ぶのは間違っていますよ。あなたが私の甥《おい》のアントワーヌ・シャルルと正式な結婚をしたのは、間違いのない事実なんですからね。お二人の末長い幸福を祈っていますよ！」マダムは半開きの目を無気味に光らせると、部屋を出ていった。

車が城の門を出ていくとき、ケイトのおもりをつけたような心は少し軽くなったような気がした。少なくともこれであの城の中に満ちている悪意のようなものから逃れることができる。ケイトは力なく座席にもたれかかった。緊張とストレスとで疲れ果て、その日一日何が起こったのかを考える気力さえも失せている。

車が道の脇《わき》で止まったとき、ケイトはわけがわからずに、困惑した目を男の方に向けた。彼女は男の手が自分の頬にふれ、男の唇が動くのを見た。アントワーヌの唇と目――いや、そうではない。声も――アントワーヌのものではない……。

「ケイト」男は心配そうに眉を寄せた。「君はずいぶん大きなショックを受けたはずだ。そしてそれは当然のことだよ、僕のかわいい人《マ・プチット》。よほどの覚悟ができていない限り、あの城《シャトー》にいるだけでも精神的に参ってしまうからね。そして察するところアントワーヌは君に何の心づもりもさせていなかったようだしね」

男の口調のやさしさに、胸の痛みがまた戻ってきた。ケイトは何も言えずに、ただ首を振るばかりだった。

彼はそっと頬にかかる髪を払いのけてくれてから、「もう一度、僕の言うとおりにしてくれるかい？」ときいた。

「あなたの言うとおりに？」

「そう。君は会食のとき何も食べなかった。おそらく朝食《プチ・デジョネ》も興奮のあまりとっていないに違いない。だからこれから君に何か食べてもらおうと思う」

彼は後部座席に置いてあったバスケットを取り、中からグラスを二つ取り出した。ケイトは浅黒く日焼けしたたくましい手が、ワインの小びんのコルクを抜くのをぼんやりと見ていた。グラスが泡立つ液体で満たされると、男はそのうちの一つをケイトに手渡した。

「さあ飲みなさい」彼はケイトの力の抜けた指をグラスにからませると、自分自身のグラスを持ち上げた。「僕の美しいケイト、君のために」彼の顔はとてもまじめだった。

思わず涙がこぼれてきて、ケイトは急いで横を向いた。

「さあ飲むんだ、ケイト」

彼が涙に気づかないふりをしてくれたことをありがたく思いながら、ケイトはグラスを口に持っていった。ワインが体の隅々にまで行き渡って苦痛を和らげてくれるのがわかる。ケイトは無意識に手を伸ばして、男が渡してくれるバターとパテのたっぷりついたパンを受け取った。

「それでいい」男は空のグラスを受け取り、膝に広げていたナプキンでケイトの口をぬぐった。「さて、今度は少し眠ることを君に提案するよ」

彼は車を降り、助手席側に回ってケイトを助け降ろした。ワインのせいで足もとのふらついたケイトは、一瞬、男の方に倒れかかってしまった。男はすぐに手を出して彼女を支えた。彼女を見下ろした男の目は、もはやさきほどのようにやさしくはなく、冷静で、値踏みをするような色を浮かべていた。

「ごめんなさい」ケイトは赤くなり、弱々しいしぐさで髪の毛をかき上げた。

男はもう一度ケイトの顔を眺めてから手を離し、車の中に頭を突っ込んで、座席をベッドに作り直し始めた。クッションを枕代わりに置くと、彼はケイトを中へ導いた。彼女はおとなしく従った。突然悪夢と化してしまった現実からせめて数時間でも逃れられると思うとうれしかった。

ドアの閉まる音が聞こえ、体の上にふわりとモヘアの毛布がかけられた。

「ゆっくりおやすみ、ケイト。僕たちはこれから長い距離をドライブしていかなきゃならないんだからね。目的地に着いたら、君の疑問にすべて答えてあげるよ」男は返事を待ったが、ケイトが無言のままでいるのでかすかなため息をついた。

やがてエンジンがかかり、車は静かに走り始めた。ケイトは固く目をつぶり、乾いた道路を走るタイヤの震動に身を任せた。心地よい眠りが体を包み込んでくる。絶望感はどこかに消え去った。呼吸が深く、規則正しくなってくる。やがてケイトは深い眠りに落ちていった。

決してやさしくはない手に揺り動かされてケイトが再び目覚めたときには、あたりはもうすっかり暗くなっていた。だがケイトは眠ったふりをし続けた。苦痛に満ちた現実にたちかえらなければならない時間を少しでも先に延ばしたかったのだ。しかし男は、自分の忍耐力はそれほど強くないぞと言わんばかりに、ケイトの名を呼び続け、頬を軽くたたき続けた。

「起きなさい、ケイト！　君がもうとっくに目覚めていることはわかってるんだ」

「いやよ！」ケイトは彼の手を振り払い、枕に顔をうずめた。「いや！」

「起きるんだ」男はケイトの手をつかみ、一瞬のうちに彼女を引き起こした。

しばらくぼんやりと男の顔を眺めていたケイトの頭に、今日起こったことがすべてよみがえってきた。ケイトの目が一瞬怒りに燃え上がった。「あなたただったの！」ケイトは軽蔑をこめて言い捨てた。

だがそんな感情の爆発も男をおもしろがらせただけのようだ。男は彼女ににやりと笑ってみせた。「そう。君が眠っている間に僕がもう少しまし な人間に変身したってわけじゃない。残念ながら、僕が君の道連れだ。そして残念ながら、君が僕の連れだ。その事実を変えることができない以上、なるべくうまく折り合ってやっていくほうがお互いのためじゃないかな？」

「私があなたを選んだわけじゃないわ！　こういうことになったからって、私には何の責任もないわよ！」彼女と一緒にいることについて不服の意を示したのはこの男が初めてだった。そのことがいっそうケイトを怒らせた。

「そりゃそうだ。失言は取り消すよ、ケイト。言い直そう。僕らは一時的にかかわりを持つことになった。だから……」

「それで謝っているつもり？」

「僕らは一時的にかかわりを持つことになったんだから、できるだけうまく折り合いをつけていこうじゃないか。長い道のりを運転してきたので、僕は疲れているし、腹もへっている。もし僕の言動が君の期待にそえなかったとしても、君はそのことを思い出して僕を許してくれなければいけないよ。さて、中へ入ろうか。お腹《なか》がいっぱいになれば、たぶん僕たちは二人とももっと機嫌がよくなると思うよ。ラ・ショミエールの料理のうまさは定評があるしね」

　そう言われて初めてあたりを見回したケイトは、車が小さなホテルの前の駐車場に止められていることに気づいた。レストランの四角い窓からもれる柔らかな光は、皆を手招きしているようだ。人々の笑いさざめく声、ナイフやフォークのふれ合う音、肉の焼ける匂い、挽《ひ》きたてのコーヒーの香り。彼の言うとおりだ。今すぐにでも食事をしなければ、私は飢えのために気を失ってしまうだろう。

　男はケイトの肘を支えて小ぢんまりしたホテルの中に連れていった。彼はまっすぐに、フロントで帳簿を広げている男のところへ近づいていった。

「こんばんは《ボンソワール》、アンリ」ケイトが聞き取れたのはそれだけだった。その後の会話はスピードが速すぎてさっぱり理解できない。だが、そのアンリと呼ばれた男のぱっと輝いた顔がすべてを説明していた。二人はしばらくの間おしゃべりを続けている。アンリの探るような視線を避けて、ケイトはガラスのショーケースに並べられた、この地方から発掘されたらしい化石を眺めていた。やがて彼女はアンリが番号のついたフックにかけられた鍵《かぎ》をあれこれ選んでいることに気がついた。

けれどもケイトがその意味について考えるより先に、二人の男が近づいてきた。このホテルのオーナーであるらしいアンリは、ケイトの手を取ってうやうやしくおじぎをし、フランス語で何か言った。お祝いを言われているらしいことはおぼろげながらわかったが、意味はさっぱり理解できなかった。ケイトはとまどって、横にいる男の顔を見上げた。

「アンリは僕が結婚したと聞いてびっくりしたが、君を見て納得したと言ってるんだ」男はケイトの腕に回した指に力をこめた。「君を誉めてるんだよ」

「ああ……」ケイトはこわばった口もとに無理やりほほえみを浮かべた。何か答えなければと思い、彼女は「ありがとうございます《メルシー・ムッシュ》」と言った。

アンリはにこやかにもう一度おじぎをして二人をレストランの中に案内した。奥まった落ち着いた場所にあるテーブルに着いた二人に、アンリはうやうやしく手描きのメニューを渡した。

「ではごゆっくり、ムッシュ・シャルル」

ケイトは一言も理解できないメニューを眺めたが、やがてあきらめてそれを下に置いた。「あなたに名前があるってことが、やっとわかったわ」

向かいに座った男の黒い目がちらりとケイトを見上げ、またメニューに戻った。「ないと思ってたのかい？」

「あなたは一度も私に教えてくれなかったもの」

「君はもう知っていると思っていたよ、マイ・ディア。伯母が何度も使ったし、結婚式では神父も名前を呼んだからね。僕の名はアントワーヌ・シャルル・サヴォネ・モルレ――君の恋人の名とよく似ているが、全く同じではない」

「私はあなたをアントワーヌなんて呼ばないわ

よ！」ケイトは思わず声を荒らげた。「その必要もない。僕はシャルルと呼ばれているからね。その名のほうが好きだし」シャルルはそう言い捨てると、ケイトを怒りのくすぶった状態のままにさせ、待ち受けていたウエイターに合図をしてメニューの相談を始めた。

室内には八つばかりしかテーブルがなかったが、開いたドアからはテラスで食事をしている人たちの姿が見えている。室内は、チェックのテーブルクロスに、それにマッチした赤と白のランプシェードといった気取らないインテリアだが、食事をしている客たちは皆一様に裕福そうだった。婦人たちはドレスアップし、隙《すき》のない化粧と髪型をしている。ケイトは神経質に自分の乱れた髪に手をやり、ブラウスのすそをジーンズに押し込んだ。中へ入る前に化粧室に行っておけばよかったとケイトは後悔した。すぐ隣のテーブルには柔らかなパステルカラーのシフォンに身を包み、なめらかにおしろいをはたいた首もとにルビーのペンダントをつけた女が座っている。

見られていることに気づいたのか、女は顔を上げ、ケイトの服装を物珍しげにじろじろと見回した。それからシャルルの方に目を移した女は、よりいっそう興味をそそられた様子だった。彼女はシャルルに目を当てたまま、テーブルに身を乗り出して連れの男に何かささやいた。男はすぐに何のためらいもなく首を回し、シャルルの顔を見てから妻に大きくうなずき返した。女は再び疑わしげに、信じられないといった様子でケイトを眺め、それからまたシャルルの方に視線を移した。

ようやく注文する料理が決まったらしく、ウエイターは一、二度うなずいてから、メニューを小脇に抱えて去っていった。

「あなたは隣のテーブルにいる人たちを知っているの？」ケイトの口調は攻撃的だった。そうするほうがこの悪夢のような現実から少しでも目をそらしていられるような気がしたからだ。

シャルルは冷静な目でケイトを見つめてから、彼女が小さく手を振って示した方向に目を向けた。

「サフラン色の服を着たきれいな人と、薄いグレーの背広を着た男性のことかい?」

「そう」

「いや、知らないね――どうしてそう思ったんだい?」

「あの人たちが私たちのことを……いいえ、あなたのことを話題にしてたみたいだから」

シャルルはそんなことに何の興味もないといったふうに肩をすくめた。「君の料理も注文しておいたよ。君は自分で決める気がなさそうだったから。特別好き嫌いがなければいいんだが」

「今のところ、食べ物のことなんて考える気にならないわ」それは必ずしも本心ではなかった。

シャルルはふっと笑った。「それなら問題はないな。僕が注文したのは、まずオードブルにかたつむり、それからいかのすみ煮。そしてメインディッシュには、この地方の特別料理のハーブと赤ワインで味つけした子馬の肉を頼んでおいたよ」

シャルルの目がおもしろそうにまたたいているのに気づかず、ケイトは茫然として彼の顔を見た。

「だって、私、そんなもの食べられないわ! 私に相談もしないで勝手にそんな変なものばかり注文するなんてひどいわ」

「興味がないようだったからさ。それに今夜の食事を忘れられないものにしたかったからね」

「だって私、そんなもの食べられない……」

「食べられるさ。食べなきゃいけないんだよ、僕の親愛なるケイト。食べなければアンリが気を悪くするし、第一試してみなければ嫌いかどうかわからないじゃないか」シャルルは輝く黄金色のワインを満たしたグラスを一つ持ち上げると、ケイトの目をじっと見つめた。「君のために、ケイト」

　ケイトは何も考えずにグラスを持ち上げ、それに口をつけた。ウエイターが現れ、二人の前にそれぞれメロンを置き「ごゆっくり《ボン・ナペチ》」と言って去っていった。ケイトは自分と相手のメロンの皿を眺め、それから彼の顔を見た。そのとき初めてケイトは、シャルルの目に浮かんだ笑いの意味に気づいた。

「メロンもあるってこと、あなたは言ってくれなかったわ」ケイトは重々しく言って、切り込みを入れたトップを取り、スプーンを取り上げた。

「そう、メロンのことは忘れていた。これなら大丈夫だろう、ケイト。よく冷やしてワインをかけたメロンなら」突然シャルルは大声で笑い出し、テーブルの上に置いたケイトの手に自分の手を重ねた。

「君をからかったりして、許してくれたまえ、ケイト」

　ケイトは思わずほほえんだ。シャルルに対して態度を和らげるつもりはなかったのだが、彼があまり楽しそうに笑っているので、ついつられてしまったのだ。隣の席の女が二人の重ねた手に注目していることもいくらかの影響を与えていた。あるいは単にそれはハンサムな男に対する自然な反応だったのかもしれない。理由は何であれ、とにかく、ケイトはほほえんだ。シャルルはにっこりと笑い返し、重ねた手に力をこめてから、それを引っ込めた。

「これでわかったよ」彼の声はまるで愛撫《あいぶ》するようにやさしかった。「なぜアントワーヌが……」

　ケイトは彼の言葉をさえぎった。それ以上聞くと話が複雑になりそうな気がしたからだ。「私すごく目立ってるみたいで恥ずかしいわ。皆すばらしくドレスアップしているのに、私一人こんな格好で」

　シャルルは楽しそうに笑った。「そうだね、ケイト。だが、そんな服装をして髪はくしゃくしゃでも、君は通りすがりの男たちを振り返らせるほどに充分、魅力的だよ。知ってるかい？　君がその服装で下りてきたときの伯母の顔ったらなかったよ。あれを見られただけでも、苦労する値打ちはあったというもんだ。サヴォネ・モルレ家の家名に傷をつけられたことを伯母は当分の間許そうとはしないだろうな」

「あなたの言い方を聞いていると、まるで伯母様を好きじゃないみたいよ」

「別に不思議じゃないだろう。君はあの人を好きになれたかい？」

「いいえ」ケイトはうつむいた。メロンが急にまずくなった。「こんなに人を嫌いになったのは初めてよ。私には信じられないわ。あの人が――あの人がアントワーヌのお母さんだってことが」

「だがそれは間違いのない事実なんだよ。そしてたぶん、母親があんなふうだから、アントワーヌもああいう息子になったんだろうな」

「何てことを言うの！」ケイトはヒステリックに叫んだ。「アントワーヌの悪口を言うなんて許せないわ！　あの人は一番すてきで、一番親切で……」

「しーっ、静かに」シャルルはメロンを一すくい食べてから寛容にほほえんだ。「アントワーヌの長所を並べる必要はないさ。僕は君と同じくらい彼を愛しているんだからね。僕の言ったのは単純な事実なんだ。母親が彼に重大な影響を及ぼしていることは否定できないよ。さあ、メロンを食べておしまい。もうすぐかたつむりがくるからね」シャルルはにやりと笑って片目をつぶってみせた。「それからグラスもどんどん空けてくれよ。せっかくのシャンペンを残しちゃつまらないから」

「そんなぜいたくをしなくてもよかったのに。シャンペンはお祝いのときに飲むものよ。私たちはいったい何をお祝いするの？」

「僕たちの結婚をさ。何はともあれ僕たちは今日結婚したんだ。もっとも君はどう見ても花嫁には見えないけれど——フランスをヒッチハイクで旅行中の女子大生ってところだな。隣のテーブルのエレガントなご婦人はこんなことを考えているとは思わないかい？ 僕が君を乗せてあげて、今必死で口説いている最中だと……」

ケイトが赤くなったので、シャルルはほほえんだ。ちょうどそのときウエイターがますのバター焼きを運んできた。

「かたつむりはキャンセルしたんだ。気に入るといいけどね」シャルルはにっこりと笑って言った。

ケイトはこんなおいしい魚を食べたのは初めてだった。次の料理——馬肉ではなく、子牛のエスカロープとグリーンサラダだった——を味わってみて、ケイトは、ラ・ショミエールの料理についてシャルルの言ったことは決して大げさではなかったと思った。

「さて、今度はチーズをどう？」シャルルは、ケイトが最後の肉のきれはしをフォークで追いかけているのを見て、ほほえみながら言った。

「いいえ。あんまりすばらしいお食事だったので、これ以上何も食べられないわ」ケイトはため息をついて椅子にもたれた。

「本当かい？ だが君はここのデザートを試してみなきゃならないよ。断ればアンリはきっと気を悪くするだろう。ここのババロアは天下一品なんだよ」

ケイトは誘惑されまいと必死になった。最近太りすぎだと言ったビバリー・アンの言葉を思い出したからだ。だがもともと甘いもの好きだし、シャルルが舌の上で転がすように「ババロア」と言うと、それはいかにも抵抗し難くおいしそうなもののように聞こえた。

「わかったわ。おっしゃるとおりババロアをいただきます」

「いい子だ！」シャルルは満足そうだった。

彼はケイトがきれいにババロアをたいらげて、唇についたバニラクリームを舌先でなめるのをおもしろそうに見ていた。それからケイトの許可を得て、彼は細く長い葉巻たばこを取り出した。たばこをくゆらしながら彼があまりにしげしげと見つめるので、ケイトは赤くなった。

「今夜はここに泊まることにしたよ」シャルルはコーヒーをカップに注《つ》いで、湯気の立つ褐色の液体に目をやりながら言った。

「そう？」突然ケイトの心臓は激しく打ち始めた。彼女は菫色の目を大きく見開いて、説明を求めるようにシャルルの顔を見つめたが、シャルルは視線をそらしたままだった。

ケイトは急に頭がずきずきするのを覚えた。そのときになってようやく彼女は、自分がアルコールに慣れていないことを思い出した。だがもう遅いのだ。明日の朝、私はすべてを後悔するだろう。ケイトはコーヒーを一口で飲み干した。シャルルも同じようにしてから椅子を引いて立ち上がった。

「どっちのスーツケースを持って上がればいい？」ロビーでシャルルがたずねた。彼はよそよそしく硬い表情をしている。

「小さいほうをお願いします」この蚊《か》の鳴くような子供っぽい声が本当に私の声だろうか？

「アンリに君の部屋を案内してもらおう」シャルルはそう言って大股に歩き去った。

感情がたかぶっているにもかかわらず、ケイトは案内された部屋を見て驚き、かつ喜んだ。それは広々とした居心地のよさそうな部屋だった。開け放された窓辺では、レースのカーテンが暖かい夜の微風に揺れている。壁紙はピンクとグリーンのばらの模様で、ベッドカバーもピンクだった。ケイトは急いでベッドから目をそらし、浴室のドアを開けてみせるアンリの方へ目を向けた。

「メルシー、ムッシュ・アンリ」ケイトは落ち着いた声で礼を言ったが、本心はドアを開けて出ていったアンリを追いかけ、肩にすがりついて泣き出したいような気持だった。だがそんなことをする間もなく、ドアにノックの音がして、シャルルがケイトと自分のスーツケースを持って入ってきた。

「うーん、なかなかいい部屋だね。君も気に入ってくれたならいいんだが？」シャルルはベッドの端に腰かけたケイトを見下ろした。彼の鋭い目は、ケイトの頬がたちまち赤く染まるのを見逃してはいなかった。

「もちろん、気に入ったわ」ケイトはできるだけさりげなく答えた。男の人と寝室で二人きりになることに慣れてでもいるかのように。

「そりゃあよかった《ボン》」シャルルは感情をこめずにそう言うと、体をかがめて自分のスーツケースを持ち上げた。「それじゃ、ゆっくりおやすみ、かわいい《マ・プチッ》人《ト》」

「あなたは……あなはここに寝ないの？」思わず口をすべらしてから、ケイトはすぐに後悔した。シャルルが冷たく疑い深い表情でこちらを振り向いたからだ。

「そうしてほしいとでも？」

「まさか！」こんなに腹を立てていなければ、ケイトは泣き出してしまったことだろう。

シャルルはスーツケースを置き、ゆっくりとケイトのそばに戻ってきた。「まさか、だって？」彼はつくづくとケイトの顔を眺め、それから突然笑い出した。「もちろん、そうだろうな。僕もそのつもりだよ、ケイト。なぜって僕は花嫁を、何と言うか……手つかずのままでアントワーヌに引き渡したいと思っているからね」

シャルルは眠たげな、物憂い目でケイトを見下ろした。ケイトの心臓が、薄いブラウスの上からでもわかるくらいに激しく動悸を打っていることにシャルルは気づいただろうか？

彼はゆっくりとドアに向かって歩きながら付け加えた。「少なくとも――僕に関してはね」ドアの閉まる音で最後の言葉はかき消されたかのようだったが、ケイトははっきりとそれを聞き取った。

3

ケイトが、シャルルに対してこのとんでもない感情を抱き始めたのはいつのころからだったのかは定かではない。むろんそれはあの最初の朝――階段を下りていって、ラ・ショミエールのバーにシャルルが座っているのを見つけたときではあるまい。彼は新聞を広げて記事に没頭していた。ケイトはしばらくの間物陰にたたずんで、シャルルを見つめた。彼は濃い眉を寄せて新聞を読みふけっている。窓から射《さ》し込む朝の光が顔の片側だけを照らし、浅黒く日焼けした手の甲のうぶ毛を金色に光らせていた。

ケイトが身動きをしたのか、あるいはシャルルが見つめられているのに気づいたのか、どちらかはわからないが、ケイトが彼の顔に目を戻したとき、彼の視線はじっとケイトの方に注がれていた。シャルルはすぐに新聞をたたんで立ち上がり、ケイトの方に歩いてきた。彼は昨日着ていたダークスーツの代わりに、薄色のスラックスとチェックのシャツを身につけて、黒っぽいタイを結んでいた。髪は今しがたシャワーを浴びたばかりらしく、ぬれて光っている。

「おはよう、ケイト」シャルルはケイトの腕を取って、シンプルな木のテーブルに案内した。「よく眠れたかい？」

「ええ」ケイトはかすかに赤くなり、浮かんできた涙を急いでまばたきして振り払った。「おかしいと思うでしょう？」

「むろんおかしくなんかないさ。僕はうれしいよ。それじゃ朝食を食べる元気もあるだろうね？」

「朝食はけっこうよ。コーヒーだけいただきます。何杯も何杯も」

「了解」シャルルはウエイターに合図をし、「紅茶じゃなくていいんだね？」と念を押した。

「ええ。いつも朝はコーヒーなの。でもここはフランスなんだから、インスタントではないでしょうね？」

「それは大丈夫。保証してもいい」

やがてウエイターがペーパーナプキンとボウルを運んできて、焼きたてのロールパンのかごと、大きなコーヒーポットとともにテーブルの上に置いた。

「ボウルでコーヒーを飲むのは初めてなんだろう？」シャルルはそれがいかに簡単かということを示すために、最初に飲んでみせてくれた。

ケイトは彼のしたとおりに真似てみたが、ボウルを勢いよく傾けすぎたので、熱い液体があごを伝ってブラウスにまでこぼれてしまった。彼女は急いでナプキンでコーヒーのこぼれたあとをこすった。

「そのうち慣れるさ」シャルルの目がブラウスに当てられた。彼はケイトが昨日と同じブラウスと薄汚れたジーンズを身につけていることに気づいたようだ。ケイトは彼の不賛成の意を感じ、それに反感を持った。シャルルはパンの入ったかごをケイトの方に押しやって、再び新聞を読み始めた。

三十分後、二人の乗った車は田舎の静かな道を走っていた。フランスはこれまで、この特別な日のために自身の美しさを表に出さずにいたのではないかとケイトには思われた。昨日までのうっとうしい灰色の空は姿を消し、ところどころにふわふわした白い雲を浮かべた青く澄みきった空がそれにとって代わっていた。その雲さえも間もなく強くなってきた日射しに一掃されてしまった。

だがケイトが昨日とは全く違った晴れ晴れとした気分になったのは、天候のせいだけではなさそうだった。彼女はル・ピュイのあたりの風景が嫌いだった。このあたりはあそこと違ってうっとりするような風景ばかりだ。狭く曲がりくねった道に沿って絵のようなかわいらしい村々が丘の斜面に点在している。どこもかしこも緑で、明るく、繊細で、軽やかで、新しく芽吹いたばかりの若葉のようにフレッシュだ。

「まるでおとぎの世界のようじゃない？　とっても美しいわ」浮き浮きした声でケイトが言った。

「僕もそう思う」

シャルルはまっすぐ前を見つめたまま簡単にうなずいただけだったが、内心ではケイトの有頂天ぶりを喜んでいるようだった。それを感じてケイトもなぜとはなしにうれしくなった。

「冬にもういっぺん来るといいよ。山も家もこんもりとした雪におおわれて、一面が白一色になるんだ。木々の枝は雪の重みでいっせいにたれ下がる。おとぎの世界とはどんなものなのか、そのとき本当にわかる気がするよ。この地方は風景の美しさで有名なんだ。キャンタルと呼ばれている」

「キャンタル？　名前まで美しいわ」

「そう。レ・モン・デュ・キャンタルだ。昼はスキーをするのかい？」

「ええ。スコットランドまでよくスキーに行ったわ。一度は私たち、オーストリアまで行ったこともあってよ」

「私たち？」シャルルは鋭くきき返した。

「ヒラリーと私。ヒラリーは私のルームメイトなの」ケイトはそのとき、自分が、ヒラリーの親切な忠告を無視したことを思い出した。やはりヒラリーの危惧《きぐ》したとおりだったのかもしれないと思うと、暖かい日射しにもかかわらず、ケイトはぞくっとした寒気を感じた。

シャルルがそんなケイトの様子に気づいたかどうかはわからない。彼は軽い調子で言った。「もうすぐ車を止めてピクニックランチの買い物をしよう。今日は急ぐ必要はないからね」

その後しばらく二人は無言でいた。ケイトは、すべてが説明されるときがくるのを恐れていた。それはきっと、聞くに耐えないようなことばかりに違いないという気がしていたからだ。

ル・リオランを過ぎたとき、シャルルは道端に車を止め、ケイトの方を振り向いてほほえんだ。

「さて、これから君にまずパンを買ってきてもらおうと思う。それから豚肉屋《シャルキュトリー》に行ってソーセージ《ソシソン》を。隣は食料品店《アリマンタシオン》だからそこではバターとチーズだ。おいしそうな桃も並んでるな。あれを二つ。僕もフランス語がわからないふりをして後ろについていって、あとで批評してあげるよ」

「だって、そんなことできないわ！　特にあなたが後ろで批判的な目を光らせていると思ったらよけいに。テストのとき、先生が後ろからのぞき込んでると、あがっちゃって解ける問題も解けなくなるのと同じよ」

「わかった。じゃ、ついていくのはよそう。食料品店は受け持つから、君はパンとソーセージを頼むよ。十分後にここで待ち合わせだ」シャルルはケイトに金を渡して言った。

数分後、シャルルより少し前にケイトは買い物をすませて車に戻った。

「どうだった?」買い物の袋を全部後部座席に置いて、車のエンジンをかけながらシャルルがたずねた。

「全然困らなかったわよ」ケイトは笑いながら言った。

「全然?」

「そう。パン屋さんではロールパンを指さしてから指を四本立ててみせたの。店の人はすぐにわかってくれたわ」

「豚肉屋《シャルキュトリー》では?」

「ああ、あそこでは私がソーセージ《ソシソン》を、と言うと、若い男の店員さんが英語で〝おいくつですか《ハウ・メニィ》、マドモワゼル?〟と言ったの。だから私、彼に英語を話すチャンスを与えてあげることにしたのよ」

小さな町を抜け、さらに数キロ行ったところでシャルルは車を止めた。最初ケイトはそれを単なるパーキング・エリアだと思ったのだが、よく見るとそこは大きなピクニック用の広場になっていた。ライム・ツリーの下にところどころ、がっちりした木製のテーブルとベンチが置かれている。

シャルルはバスケットを取り出し、大きな岩の間を流れているきれいな水でグラスを洗うと、テーブルの上に食べ物を並べ始めた。

それが終わると彼はダッシュボードからサングラスを取り出してかけた。彼の目の表情が今までよりいっそうわからなくなった。ケイトも彼を真似てバッグからサングラスを取り出した。

「これでいいわ。お天気がこんなに変わるなんて誰が予想したでしょうね、昨日……から」ケイトの声は小さくなった。昨日のちょうど今ごろ、自分たちが教会で、並んで立っていたことを思い出したからだ。

私はアントワーヌと結婚しているのだと思っていた。彼は？　彼は何を考えていたのだろうか？　ケイトはちらりとシャルルの顔を見上げた。だが彼は何も考えていないかのように一心にペーパータオルでグラスをふいている。突然ケイトは、説明なんか何も聞きたくないと思った。今、そしてここでは。この絵のように美しく、牧歌的な雰囲気を台無しにしたくない。ケイトは急いでソーセージとパテの包みを開けにかかった。

「私、驚いたわ……ほとんど人がいないんですもの。今ごろの季節だったら……」ケイトは広場にぽつりぽつりと散らばっている数人のハイカーたちに目をやった。

「そうだね」シャルルはどことなく心ここにあらずといった感じで赤ワインを二つのグラスに満たした。「だが日曜だったら席を見つけるのに苦労するところだったよ。ウイークエンドには町に住む人がこぞって田舎に出かけるから、このあたりは犬と子供とおばあさんとサイクリングの若い人たちでいっぱいになるんだ」シャルルはバターとナイフをケイトの方に押しやった。「先にどうぞ。ついでに僕のパンにも塗ってもらえるかい？」

「いいですとも」

そう答えたものの、ケイトの手は汗ばんできて思うように動かなかった。シャルルに見られていると思うとよけいに、パンを二つに割るのもバターを塗るのも難しくなってくる。見るに見かねてシャルルはナイフとパンを受け取り、ケイトに代わってバターを塗ってくれた。ケイトはワインを飲みながら、ぼんやりと、昨日シャルルがパテのついたパンをくれたときのことを思い出していた。そよ風がさやさやと枝を揺らして通るたびに、木々の葉が色を変えていくのがわかる。

二人はケイトが買ってきたものを全部食べた。それからシャルルは見事な桃を二つ取り出した。ケイトが桃のジュースを襟もとからブラウスへとたらしたのでシャルルは笑った。

「ブラウスを取り替えなきゃ」ケイトはシャルルの貸してくれたハンカチでブラウスをふきながら言った。

シャルルは答えずにしばらくの間かすかなほほえみを浮かべてケイトを見ていたが、やがて立ち上がって車の方へ歩いていった。ケイトはその軽快で優雅な歩き方や、風に吹かれて乱れた豊かな髪を妙に冷静な気持で眺めていた。

車の中にかがみ込んでいたシャルルは、しばらくして身を起こした。口に細い葉巻たばこをくわえている。マッチで火をつけると、シャルルはさも満足そうに香り高い煙を吐き出した。それから彼はベンチの方へ歩いてきた。何か決心しているような、硬い表情をしている。ケイトはかすかに身震いした。

だがシャルルはベンチに座ってからもすぐには話し出そうとしなかった。見つめられて不安になったケイトは、手を伸ばして空いたパッケージや紙くずを袋にまとめ始めた。

「それはしばらくそのままにしておきたまえ」シャルルの声には有無を言わせない強い響きがあった。

ケイトは盲目的にその命令に従い、手持ち無沙汰《ぶさた》になった手を握り合わせて、目を遠い空に泳がせた。心臓は異常なほどにどきどきしていたが、言うべきことは何一つ見つからなかった。シャルルはそんなケイトの気持に直接ふれてきた。

「何か僕にきくことはないのかい、ケイト?」

相変わらずシャルルの目を見ることができないままに、ケイトは黙ってかぶりを振った。だが、シャルルの低い笑い声が聞こえてきたとき、ケイトは顔を真っ赤にして、嫌悪感に満ちた目を彼の方に向けた。

「どうして笑ったりできるの！　私をこんなひどい立場に追い込んだのはあなただというのに！」怒りだけが、目の奥にふくらんできた涙を押しとどめていた。

「僕が君を？　僕だけかい？　少なくとも一部責任がある人間は他にもいるんじゃないのかい？」穏やかな口調だったが、その中には脅すような危険な響きがこめられていた。

「アントワーヌのことを言っているのね？　だけどきっと何かちゃんとした理由があるはずだわ。彼が理由もなく私をこんな目に遭わすはずがないもの」

「ところが僕ならやりかねない。そう言いたいんだろう、愛しい人《マ・シェール》？」

「そんなふうに私を呼ぶのはやめて！　とっても不まじめだわ。昨日の今ごろは私たちまだ出会ってもいなかったのよ」

「だが君は僕の妻だよ、ケイト。それに君はどう思っているか知らないが、こういうことになって、僕もかなり大きな犠牲を払わなければならないんだよ。君は僕の妻として僕の友人たちに紹介される。そのあとで僕は、君が年若いとこのほうを選んだのだと説明しなけりゃならない。僕にとっちゃ、あまり愉快なことではないとは思わないかい、ケイト」シャルルは静かにそう言うと、葉巻たばこの先の火を眺め、それからそれを下に落として靴の先で踏み消した。

初めて事の複雑さに気づいたケイトは、しばらくの間ただぼんやりとシャルルの顔を見つめていた。これまで自分自身の惨めさに浸るのに精いっぱいで、シャルルの立場にまで考えが及ばなかったのだ。

「私……私……だけど……なぜ?」声がすすり泣きに変わった。

長い沈黙のあと、シャルルもまたケイトと同じ問いを口にした。「なぜだって、ケイト? 本当になぜなんだろう? 僕も昨日から何度もそう自問し続けているんだ。僕の言えることはただ、これまで僕はアントワーヌのためにたいていのことなら引き受けてきたということだけだ。彼が間違ったことをやれば、その軌道修正をするというふうにね。それに電話をかけてきたとき、アントワーヌは本当に困り果てた様子だったし」

「でも、なぜ……?」

「なぜだって? なぜってアントワーヌは母親に立ち向かうことができないからだよ。伯母は子どものころからずっと息子を支配してきた――夫と、義理の娘とを支配してきたようにね。話はずっと昔に戻るんだ。アントワーヌの父親と僕の父は双子だった。僕の父のほうが三十分ほど遅く生まれた弟なんだ。二人は同じように育てられ、それぞれいとこと結婚したことまで同じだった。それが僕の母と、ベルニスの母親だ。僕の母は僕が三つのときに亡くなり、ベルニスの母親のジャンヌ伯母は僕が八つのときに亡くなった。そのころ二家族はどちらも城《シャトー》に住んでいた。土地と財産は二人の双子の兄弟の間で平等に分けられることになっていたんだよ。

ところが伯父が再婚したとたん、すべてが変わってしまった。僕はまだ小さかったので何の説明も受けなかったが、家の中に緊張感がみなぎっていたことや、顧問弁護士がしょっちゅう出入りしていたことはよく覚えているよ。それが新しい伯母と伯父との間に生まれた小さないとこ――それがアントワーヌだ――に関することだとはおぼろげにわかったが、はっきりしたことは何一つ知らされなかった。

もちろん今では、伯父の再婚相手がたいそう野心家で、自分の息子に全財産を受け継がせ、僕を除外しようとしていたのだということがはっきりわかっている。僕の父が心臓病で急死したので、伯母はますます自分の思うように采配《さいはい》をふるったようだ。二十一歳になったとき僕は初めて、僕が受け継いだものとばかり思っていた財産が、すべてアントワーヌのものになっていることに気づいたんだ。伯父はその前年に死んでいた。伯父はいつも僕にやさしかったが、伯母には押し切られたんだろうと思うよ」

「お気の毒だと思うわ、シャルル」ケイトは弱々しく彼を見上げた。「でも、あなたは腹を立てなかったの？　つまりその、アントワーヌが……」

「腹を立てもしたよ、昔はね。だがむろん、それはアントワーヌに対してじゃない。僕は彼を弟みたいにかわいがってきたから。そうさ、決してアントワーヌが悪いんじゃない。彼の母親が強い性格の人間で、彼がそれに刃向かうほどのパワーを持ち合わせていないというだけのことなんだ」

「それであなたは生まれ育った家を出ていかなければならなくなったのね……？」

「そういうわけでもない。僕の伯母君《ぎみ》は親切なことに領地にとどまって仕事をしてくれてもいいと言った。要するに領地の管理をしてほしいということなんだ。ただし、あくまでもマネージャーとしてね。むろん僕は断った。それ以来、伯母とはかなりの距離を保って暮らしている。あの城《シャトー》の独得の雰囲気から逃れられてよかったと、今では思っているよ」

「そしてこれまでずっと……」

「そう」シャルルはしばらくの間、物思いにふけっていた。

「でも私にはまだわからないわ」

「そうだった。許してくれたまえ、つい昔のことを思い出してしまったものだから。僕が最初に君のことを知ったのは、アントワーヌが電話をしてきて、君と出会ったこと、母親がどう言おうと君と結婚するつもりであることを報告してきたときだ。彼がとうとう自分の足で立つ気になったかと僕は喜んだ。だが二、三日してもう一度電話をかけてきたとき、彼は母親に思い直すようにと圧力をかけられていると言った。アントワーヌがぐらつき始めていること、たぶん母親の言うことが正しいのではないかと思い始めていることを僕は感じた。僕は彼に、最初に自分が決めたとおりにしろと励ました。結婚こそ母親から独立するチャンスだと常々思っていたからね。

それからしばらくして、僕は思いがけず伯母から電話をもらった。伯母は僕が死んだ伯父にアントワーヌの面倒を見ると約束したことを持ち出し、今こそ、そのチャンスがきたのだと言った。僕がとても礼儀正しく応対したので、伯母はきっと僕がすべてを忘れ、許したのだと思ったことだろう。伯母の話を全部聞き終わったとき、僕は思わず笑ってきき返したものだよ。伯母さんはまさか僕にその娘と結婚してくれと言っているのではないでしょうね、と。

よくもそんなことが考えられたものだと僕はあきれたよ。だがあとでゆっくり考えたとき、これは悪くない方法だと思った。僕がいったん結婚しておいて、時がくればアントワーヌに君を渡せばいいとね」

「でも」ケイトの唇はからからになっていた。「アントワーヌのお母さんには何て言って説明したの？　まさか彼女を喜ばせるためにだけ、あなたがそんなことをするとは考えられないでしょう」

「ああ、むろんそうだ。伯母は報酬のことを持ち出した。僕はそれを受けることにしたんだよ」

それを聞いたとたん、ケイトは体中の力が抜けていくような気がした。彼女はシャルルの顔を正視できずに、ただテーブルの上に散らばった空き箱を見つめていた。「私は……私は、あなたを必ずしも非難しはしないわ。でもアントワーヌは私を愛しているはずよ。それなのになぜ、そんなことができたの？」

「愛しい人《シェリ》！」シャルルはテーブル越しに手を伸ばしてきて、ケイトのあごを支えた。「アントワーヌは君を愛しているよ。君以外の誰のためにだって、彼はこんな危険を冒しやしないだろう。時がくればアントワーヌは必ずやってきて、僕の妻を返してくれと言うだろうよ。それから君たち二人は一生涯ともに暮らすんだ。これは単なる小休止にすぎないんだよ。子どもたちにもそう言って説明してやればいいさ」シャルルは手を離すと、ケイトのそばに回ってきて彼女を助け起こした。「さあ、そろそろ行こうか。ブラウスを着替えたいと言っていたね。その間に僕がここを片付けておくよ」

新しいブラウスは車のトランクの中に入れたスーツケースの中にあった。開いたドアの陰で、ケイトは汚れたブラウスを脱ぎ、新しいブラウスを取ろうと身をかがめた。そのときシャルルがバスケットや食べ物の残りを抱えて近づいてきた。ケイトはジーンズとブラしか身につけていなかった。シャルルはちらりとケイトの顔を見て、むきだしの肩と胸に目を移し、それからすぐに目をそらした。ケイトは指が震えてしまって、シルキーなブルーのブラウスのボタンをとめるのに苦労した。

「いいかい？」シャルルは車の中にバスケットをしまうと、サングラスを外し、それをダッシュボードに置いて言った。

「いいわ」ケイトは静かに答えた。

シャルルはケイトのために車のドアを開けてくれた。ケイトが車に乗り込もうとしたとき、二人の目が合った。ケイトはシャルルがさっきのことを――裸に近い格好をしていた彼女のことを考えているのだと感じた。ケイトは彼の目の表情を見て驚いた。なぜなら彼女はこれまで何人もの男性とデイトしてきて、彼らが欲望を抱いたときの表情を見間違うことはなかったからだ。

だが何よりケイトをとまどわせたのは、自分自身の反応の仕方だった。彼女はシャルルがキスをしてくれることを強く願ったのだ――昨日の教会でのような形式的なものではなく、もっと激しい、もっと親密なキスを。それはきっと私の血を熱く燃え立たせることだろう。もちろんこんなことを思うのは、シャルルがあまりにもアントワーヌによく似ているからだ。それに結婚しているようでしていない、こんな状態が不安定でしかたがないからだ。けれども、ケイトは強く願っていた――ああ、どれほど強く、切実に願っていたことか！――彼女の愛するアントワーヌが、迎えにくる時期をあまり先に延ばさないことを。

4

〝はと小屋《ラ・ピジョニエール》〟はケイトの想像していたものとは全く違っていた。その日の午後、ゆっくりしたペースで谷あいの道をドライブしていきながら、シャルルは伯母とけんかして城《シャトー》を出てから買ったはと小屋のような小さな家のことや、働いてそれをコテージに改造したこと、今ではモダンリビングに必要な設備を一応備えていることなどを、気軽な調子で話してくれたのだった。

「それは何年ほど前のことなの、シャルル？」

「そうだな。十年――いや、十一年前かな。急に一文無しになるっていうのはなかなかたいへんなことだよ。職業すら――生活を支える手段すら、改めてシャルルは遠慮がちに言った。だが彼が本気でその申し出をしたのかどうかははっきりしなかった。

ケイトがどう答えたものかと迷っていると、全く突然にシャルルが車を脇道《わきみち》へとカーブさせた。これまでの谷あいの道よりもっと狭いが、高いライムの木に両脇をはさまれたその道は同じくらいに美しかった。

ライム・ツリーがとぎれたところに来たとき、シャルルが浅黒い長い指を立てて言った。「ごらん。〝はと小屋《ラ・ピジョニエール》〟だ。やっと着いたよ」

小さな四角い塔が丘の上にちらりと見えたが、それはまたすぐに木々の間にのみ込まれてしまった。シャルルの方を何げなく見たケイトは、見返した彼の表情の明るさにとまどった。

「家に帰って、あなたはほっとしているみたい」

「そうだね」

シャルルはそれ以上言わなかったが、彼の中で緊張がほぐれていくのがケイトにもわかった。彼はしばらく何も言わずに車を走らせた。ケイトは考えなければならなかったんだから」

「それであなたは何をしたの？」

「荷物を解いているとカメラが出てきたんだ。それで、家族の記念写真か何かを撮って金を稼げば、飢え死にしないですむんじゃないかと考えた」

「そうだったの？」

「何？　写真を撮ったってこと、それとも飢え死にしないですんだかってことかい？」

「そのどちらも」

「そうだね。そう思うよ」シャルルは笑った。

「はと小屋の改造もできたというわけね？」

「ああ、それもね」

「それはよかったわ」ケイトはそれ以上言わなかったが、シャルルはかなりよくやったのだろうと考えていた。車と服装とが彼の努力の成果だとすれば。

「君の写真を撮らせてもらえないかな。それは僕の仕事のターニング・ポイントになるかもしれない」

張感がほぐれていくのをケイトは感じていた。車は並木道を通り抜け、広い砂利敷きの車道を曲がり、背の高い石壁をくりぬいたアーチをくぐって家の前に止まった。

そのとき初めてケイトは、最初にちらりと見たあの光景がいかに人の目を欺くものだったかを知った。丘の上に見えた四角い塔は、家全体の大きさと優雅さのほんの一部を示すものでしかなかった。その塔から建物が二方向に直角に伸び、中庭を囲んでいる。庭の第三番目のサイドはアーチ型の門のある石壁、四番目は下り坂の丘の斜面に向かって開けている。

建物は濃いはちみつ色の石でできていた。その色は柔らかく温かく、どんなに天気の悪い日でも、どこからか太陽の光が射《さ》しているような印象を与えるだろうと思われた。ケイトは賞賛の目であたりを見回した。

「これがあなたの言うはと小屋？」

「そう。ほら、主《ぬし》があそこにいるよ」

シャルルに言われるまでもなく、ケイトは、はとの鳴き声に気づいていた。四角い塔のてっぺんで、数羽の白い太ったはとが翼を広げている。そのうちの一羽が舞い降りてきた。美しい扇形に尾を広げ、えさを求めて石の割れ目をつついている。

「きれいね。このあたりは全部きれいだわ」ケイトはシャルルのそばを離れて、谷を見晴らせる場所まで歩いていった。ずっと下の谷底は豊かな平原になっており、銀色にきらめく川が木々の間に見え隠れしながら流れている。

「あれはヴェゼール川だ。もう少し先でドルドーニュ川と合流しているんだよ」シャルルはケイトのそばにぶらぶらと歩いてきながら言った。「さあ、中へ入ろう。マドウに紹介するよ」

「マドウ？」そんな名前を聞くのは初めてだったので、ケイトは驚いてシャルルを見上げた。

「そう。マドウとジョルジュ夫妻はガレージの上のフラットに住んでいるんだ。ジョルジュはサルラにある自動車の修理工場に勤めていて、空いた時間に庭の手入れをしてくれている。マドウは料理と家事いっさいをとりしきってくれているんだ」

二人はフロントドアに続く石段を上っていった。重たいドアを開けると、内側にもう一つ、上質のマホガニーの枠に取り囲まれたガラスのドアがあった。よく磨かれたガラスを通して中を見ると、ホールの壁は真っ白で、入ったところにどっしりとした古風な木製のチェストが置かれている。チェストの上の真ちゅうと銅の飾り物が日光に当たってきらめいていた。

シャルルは鍵《かぎ》でドアを開けてケイトを招じ入れた。彼女はしばらくの間、広いホールのシンプルな美しさや、磨き込まれたローズウッドの階段の堂々とした造りに目を奪われていた。

「マドウ！」シャルルがそう呼びかけたのと同時に右手のドアが開いて、一人の女性が姿を現した。三十五歳ぐらいのばら色の頰をした小太りの女性で、明るい色の髪の毛を後ろでまとめている。

「ムッシュ・シャルル！」彼の姿を認めてマドウはぱっと顔を輝かしたが、横に立っているケイトに気がつくと、とまどった表情をして手を白い大きなエプロンでふき始めた。

「マドウ、この人は僕の……今度僕の妻になった人だ」シャルルは少し口ごもりながら言った。

「あなたの奥様、ですか、ムッシュ・シャルル？」マドウは眉を寄せてきき返した。何かの間違いだと思い込んでいるようだ。

「そうだよ、マドウ。びっくりしただろうが、これが僕の妻のケイトだ。昨日、式を挙げたばかりなんだよ」シャルルはケイトの肩を抱いて引き寄せた。

「でも、ムッシュ、あんまり突然すぎて……びっくりしてしまいました」マドウは口に手を当てたが、やがてほほえみ、その手を新参者の方に差し出した。

「でもこれはうれしいショックですわ、ムッシュ、そしてマダム」ケイトの手を握ったマドウの手は温かく、そしてやさしかった。

「何年か前、ロンドンでマダム・マルヴォーに英語を習っておいてもらって助かったよ。実はこうなることがわかっていたので、僕も熱心にすすめたんだがね」

「まあ、ムッシュ」マドウはシャルルの冗談に慣れているようだった。「でも何て突然なんでしょう、ムッシュ。そして何てロマンチックなんでしょう、マダム！」

「ありがとう」ケイトは肩に入っていた力が抜けていくのを感じた。

「さて、マドウ、マダムを二階のガーデン・ベッドルームへ案内してくれるかい？　僕があとからスーツケースを運ぶから」

「かしこまりました《メ・セルテヌマン》、ムッシュ。マダム、どうぞこちらへ」マドウはエプロンを外し、それをくるくると丸めてから、ケイトを案内し、先に立って歩き始めた。ケイトは階段の踊り場で立ち止まり、窓から外を眺めた。

「美しいおうちですね。シャルルの言う〝はと小屋《ラ・ピジョニエール》〟がこんなに大きくてエレガントだとは思わなかったわ」ケイトは気後れを悟られまいとして、わざと軽い調子で言った。

「ああ、ムッシュ・シャルルは冗談ばかりおっしゃいますからね。そうでしょう《ネ・スパ》、マダム？」

「ええ」ケイトはあいまいに同意した。

「お部屋はこちらです」帽子からうさぎを取り出した手品師のように得意げな様子で、マドウは部屋のドアを押し開けた。室内を一目見て、ケイトはその理由《わけ》を理解した。

部屋は広々として明るかった。レースのカーテンのかかった二つの大きなアーチ型の窓から、日光と風とが充分に入ってきている。一方の壁は木製のクロゼットが据えつけられ、もう一方の壁に寄せて大きなベッドが置かれている。四本の細い支柱に支えられた天蓋《てんがい》からは、カーテンとおそろいの、ピンクのばらの刺繍《ししゅう》のついたレースのドレープが下がっている。カーペットもくすんだピンクで、レースのベッドスプレッドの下のカバーも深いローズ色のサテンだった。

マドウは満足げにケイトの表情を眺めている。彼女が意見を求めているのだということに気づいて、ケイトは言った。

「こんなに愛らしいお部屋、今までに見たことがないわ、マドウ」

「ええ《ウィ》、マダム」マドウはうれしそうにうなずいた。

「この部屋はちょうどできたばかりなんでございますよ。ムッシュ・シャルルにはお心づもりがあったんですね。私には何もおっしゃらなかったから、私はてっきり……」マドウはそのあとの言葉を濁し、壁と同じソフトなローズ色をしたドアを押し開けた。

「ここがバスルームです、マダム」

ケイトがうれしそうに、白く輝く浴槽や金色の蛇口や、ばら模様の飛んだ白いタイルを見回しているとき、シャルルがスーツケースを持って入ってきた。

「美しいお部屋ね、シャルル。申し分ないわ」ケイトは心から言った。

「気に入ったならよかったよ」返事はそっけなかったが、彼も内心うれしく思っているようだった。

マドウはそんな二人を見比べながら満足げにほほえんでいたが、やがて口をはさんだ。「失礼《パルドン》ですがマダム、お紅茶を用意しようかと思うのですが、いかがでしょう」

「すてきだわ、マドウ。このところずっと紅茶を飲んでいないの。私が……」ケイトはそう言いかけて黙ってしまった。城《シャトー》でマダムと飲んだまずい紅茶のことを思い出したからだ。

「それでは用意してまいります。十五分ほどしましたらお呼びいたしますから」

「あ、ちょっと待って、マドウ」シャルルが呼び止めて、何やらフランス語で相談を始めた。どうやらそれは今夜の夕食の話らしかった。シャルルが宿屋《オーベルジュ》という言葉を使ったので、彼は外で食べるつもりなのだろうとケイトは解釈した。

だがマドウは承知しなかった。彼女は部屋を出ていきながら最後通牒《つうちょう》のようにこう言い渡した。「お二人きりで《ア・ドゥ》、ムッシュ。今夜はお二人でお食事なさ《ス・スワール・ヴ・ディネ・》るんです《ア・ドゥ》。ここで《イッシ》。あなた方のおうちで《シエ・ヴ》」

ドアが静かに、だがきちんと閉められたあと、しばしの沈黙があった。それからシャルルは窓のところまで歩いていって、レースのカーテンを開けた。

「ここからの眺めを、もう見たかい？」

「いいえ。あなたがこの部屋をガーデンルームって呼ぶのを聞いたけど、庭ってどこのことだろうと思っていたの」

「建物の横にあるんだ」彼の声は急にそっけなく無表情なものになった。

ケイトは少しためらってから、シャルルのそばに並んで立った。「美しいお庭ね」彼女はパーゴラの上を豊かにおおっている藤《ふじ》の花や、大きな石の壺《つぼ》からあふれるほどに咲いているゼラニウムのピンクと白の花を見下ろした。だがそうしたものは実のところ、ほとんどケイトの目に入ってはいなかった。彼女はすぐそばに立っているシャルルのことを意識しすぎていたからだ。そのうえシャルルが横顔をじろじろと見るのでケイトの顔は真っ赤になった。彼女は何か注意をそらすものはないかと必死であたりを見回した。「あら、プールもあるんですね」話題が見つかったことにほっとしながらケイトは言った。

「ああ、あるよ」シャルルは簡単に答えると、ケイトのそばを離れ、ドアの方にすたすたと歩き出した。ケイトは振り向いて彼の方を見る勇気がなかった。

「家の中を案内するよ。ホールで待っている」彼が言った。

「ああ、そうね。どうもありがとう」ケイトはしぶしぶ振り向いた。「すぐに下りていくわ。髪を直すだけだから」

シャルルがうなずいて出ていったあと、ケイトはドアを見つめながら、この男が自分に及ぼす影響について何とか理屈に合う説明を見つけ出そうと必死になっていた。部屋の中に少し距離をおいて立っていてさえ、シャルルは私を磁石のような強い力で引きつける。ケイトは自分自身の反応に自信が持てなくなってしまっていた。それは必ずしもセックスに結びつくものではなかった。モデルとか広告業とかいうのはかなり自由奔放な世界だったので、ケイトはそうしたことの扱いには慣れていたはずだったから。だが今彼女はシャルル・サヴォネ・モルレを、そして何より自分自身の気持を、どう扱っていいか全くわからなかった。昨晩ケイトはそのことについて何らかの対策を講じねばと決心したのだった。今こそ、それを実行しなければならない。

五分もたたないうちにケイトは階段を下りてホールに出ていった。シャルルは読んでいた手紙を投げ出して隅の椅子から立ち上がった。ケイトは自分の様子が変わったことについてシャルルが何か言うだろうかと内心恐れたが、彼はオイルをべったりとつけて輪ゴムで束ねたケイトの髪にちらりと冷たい視線を投げかけただけで、それについては何も言わなかった。

居間はたいそうモダンなインテリアでまとめてあったのでケイトは少し意外な感じを持ったが、全体に抑えた色調だったので家の他の部分とも調和が取れていた。部屋は広く、二つの部分に分かれている。一つは仕事部屋として使われているようで、机と、写真関係の道具を入れる棚が置かれていた。

しかし最初にケイトの目を引いたのはもう一方の側だった。居間部分の上に宙づりのような形で数メートル中央に張り出している第二のフロアがあるのだ。精巧な鉄製の手すりがついた階段が、その宙づりの部屋に続いている。

こんなに珍しく、また大胆なデザインは見たことがない。ケイトはにこにこしてシャルルを見上げた。

「とってもファンタスティックだわ！」

「それは誉《ほ》めているのかい？　それともけなしているの？」

「誉めているのよ、もちろん！　どうしてあんなお部屋を作ったの？」

「最初ここは天井の高い納屋だったんだ。わかるだろう？　僕が来たときには麦わらがいっぱい詰まっていた。あそこは中二階の物置のようになっていたんだ。最初の改装をしたとき、僕はあそこにベッドを置くことを思いついたんだよ」

「ベッドを？」

「そうさ。まあ、来てごらん」

シャルルは先に立ってさっさと階段を上り始めた。ケイトは少しためらったが断ることもできず彼の後に従った。

「この眺めは何物にも代え難いんだ」シャルルの言葉に、ケイトも彼にならって窓の外を見た。ここから見るとプールは小さなブルーのきれはしのようだ。はるか下には川がゆっくりと流れている。今、遅い午後の太陽がすべてのものの上にゆらめく金色の光を投げかけていた。ゆるやかな谷の斜面は微妙に変化するグリーンで、それが金色の光に染まるさまはえも言われぬ美しさだった。ケイトはしばらくの間息を止めていたが、やがてほっと満足げなため息をもらした。

「あなたの言うこと、よくわかるわ」ケイトのソフトな口調に、シャルルはつと振り向いて彼女の顔を見た。ケイトは彼の視線を避けて、部屋の中央へ歩いていった。「私、あなたのベッドルームが好きよ。でも、ちょっと不便な気もするけど。冬は風通しがよすぎるんじゃない？」

「いいや、全然」その証拠を見せるために、シャルルは窓のところまで歩いていき、ボタンを押した。すると窓の両サイドに押し開かれていたツイードの重いカーテンが自動的に閉まり、光を完全にシャットアウトした。もう一つのスイッチを押すと、今度はシャッターが下りて宙づりの部屋が完全に閉鎖された。

ケイトは彼の顔から、上質の茶色のカバーをきちんとかけたベッドに、それから洋服をしまってあるらしい木製のクロゼットにと視線を移した。少し開いたドアの隙間《すきま》から茶色のカーテンがかかったシャワールームが見える。

「こんなふうにするとずいぶん落ち着くだろう、ケイト。ここにいると外界から完全に切り離されたような気分になるんだよ。そうは思わないかい……？」シャルルは目を細めてケイトをじっと見た。

「ええ」ケイトはできるだけはきはきした声を出そうと努めたが、彼に見つめられたままではそれもかなわなかった。「ええ、本当に、そうでしょうね」

絶望的に彼女はシャルルの視線を外し、目をよそへ泳がせた。階段近くの壁に飾った鉛筆描きのスケッチを見つけたときにはほっとした。「これ、とてもすてき」それは二枚とも同じ女性の肖像画だった。一方は髪をまげに結っているが、もう片方は髪を肩になびかせてほほえんでいる。片隅にはC・S・Cというイニシャルが入っていた。「あなたのお友達？」ケイトは振り向いて、気軽な調子でたずねた。

「そう」

シャルルの答えがあまりに短かったので、ケイトは不思議に思い、彼の顔をのぞき込んだ。彼の顔にはどこか屈折した表情が浮かんでいた。そのとき、その場の張りつめた空気を突き破るように、下の方からベルの音が聞こえてきた。シャルルはボタンを押してシャッターを上げた。

「お紅茶ができました、マダム」マドウは静かな声で、申し訳なさそうに言った。

紅茶の道具はガラス製のコーヒーテーブルの上に置かれていた。必要なものが全部そろっているのを確かめてから、マドウはドアを閉めて出ていった。ケイトは大きなレザー張りのソファに座って紅茶をいれ始めた。こんなやり慣れている仕事をするのになぜ手が震えてしまうのだろう？

「ごめんなさい。本当は知っていなきゃならないんだけど知らないの——あなたはお紅茶にお砂糖とクリームを入れるのかしら？」

「君が知っていなきゃならない理由なんかないさ。君の言うとおり、僕たちは昨日初めて会ったばかりなんだからね」シャルルの口調は冷たかった。「クリームを少し。砂糖は入れない」

そんなシャルルの態度がいかに自分を傷つけたかを知られまいとして、ケイトは頭をたれた。正直なところ、なぜそんなことで傷つくのか理由はわからなかった。二人の間に敵対意識を保っておくことこそ、私の計画していたことではなかったのか。アントワーヌが迎えにきてくれるその日まで。

ケイトは黙ってサンドイッチの皿をシャルルの方へ押しやった。彼がいくつかを自分の皿に載せたのでケイトはほっとした。自分がとても空腹だったことに今、気がついたからだ。だがシャルルはマドウのお手製らしいおいしそうなケーキは首を横に振って辞退した。

「少しはおあがりなさいよ。そうじゃないとマドウががっかりするわ」ケイトはケーキを皿に取り分け、銀のフォークを差し出した。

「そうかな。マドウは僕の好みをよく知っているから、僕が甘いものを食べることをあまり期待していないと思うよ。だが君がそう言うなら、この一切れに挑戦してみよう。これを飲み込むのに、もう一杯紅茶のお代わりがもらえるかな」シャルルはカップを差し出し、ケイトが紅茶を注《つ》ぐ様子をじっと見つめていた。「君が食べることに関心があるので安心したよ。フランスの男と結婚するなら、それは必要なことだからね。それに君は、このごろ女性の間で流行しているダイエットとやらも、しなくていいようだし」

「でもある人に言われたのよ。少し減量したほうがいいって」ケイトはスプーンについたクリームをなめながら言った。

「ほう？」

「そうなの。仕事の仲間から……」

「そんな必要はないよ。つまり、やせるってことだけど」

「あら！」ケイトの顔に血が上った。自分が誉め言葉を待っていたこと――当然のようにそれを期待していたことに気づいたからだった。シャルルもそれを感じて、儀礼的に応《こた》えたのだろう――それも最小限の言葉で。

　ケイトはカップと皿を盆に戻して立ち上がった。彼女は壁にかけてある絵を見て回った。それはこまやかな色づかいと光の陰影が美しい印象派のものがほとんどで、立派な真ちゅうの額に入れてあった。

　絵を見ている間中、ケイトはシャルルの目が自分を追ってきていることを感じていた。それが彼女をぎこちなくさせていた。いかにも自分がよそ者であり侵入者であるような気がしてくる。ケイトは突き当たりの壁に写真が幾枚も飾られていることに気づいて目を輝かした。

「見せていただいてもいいかしら？」

「もちろん」シャルルは肩をすくめ、それから立ち上がって壁のそばのスイッチを入れた。すると壁一面がほのかな照明の中に浮き上がった。

歩み寄って写真を眺め始めたケイトは、その中に有名なニューヨークのモデルの写真を見つけて驚いた。

「これ、オリオール・ヘイドンだわ。そうじゃなくて？」返事がなかったので、ケイトは振り向いてもう一度たずねた。「そうでしょう？」

「そうだ」

「すごいわ！」ケイトは急いで残りの写真に目を移していった。彼女はすぐにカメラワークの見事さに気づいた。ソフトなアウトラインを見ても、モデルのうぶ毛を柔らかく浮かび上がらせる光の当て方を見ても、これが一流の写真家の作品であることはすぐにわかった。やがて彼女は写真の片隅に黒々とした力強い筆跡のサインを見つけた。「シャルル・サン・シール。まあ、これ、シャルル・サン・シールの写真なの！　あなた、知っているの？」ケイトは興奮した目を、後ろで無言のままむっつりと立っている男の方に向けた。

シャルルが答えないので、ケイトは再び賞賛の声をあげながら並べられた写真に目を戻した。「オリオールは本当にゴージャスね！　そして彼は最高にすばらしい写真家だわ。そうじゃなくて……」ある一枚の写真に目をとめたケイトは思わず息をのんだ。その写真は額に入ってはいず、何枚か束にしてホルダーにはさんであったもののうちの一枚だった。

写真の中の男をそれと認めるまでに、それでも少しの時間はかかった。男は椅子に座って笑っている。

レストランのテーブルに身を乗り出して長い指で彼の頬にふれている女性は間違いなく、かの有名なニューヨークのモデル、オリオール・ヘイドンだった。

彼女はゆっくりとシャルルの方を振り向いた。

「言ってくだされればよかったのに」

「言うって、何を？」

「写真を撮るっていう話をしたとき、あなたがシャルル・サン・シールだってことをなぜ言わなかったの？　私がモデルにしてくれってうるさくせがむとでも思ったの？」

シャルルが口を開くまでに長い沈黙があった。答えを待つ間に二人の間に広がった緊張感に、ケイトは思わず身を震わせた。

「いいや、そんなふうには考えなかった。僕たちはお互いを少しずつ徐々に知り合っていけばいいと思っただけのことだ。君にだって、僕にまだ話をしていないことがあるだろう。たとえば、なぜ君が言葉のわからない国へ来て、ろくに知りもしない男と結婚するといったような無謀なことをする気になったのかとか、友達を一人ぐらい連れてくるぐらいの分別はなかったのかとかいうことをさ。君の家族は君のことを少しも気にかけないのかい？」

「よくそんな言い方ができるわね！　あなた自身、こんな裏切りに加担しておいて！　あんなことは、たとえこの国でも法にふれるに違いないわ。もし私が警察に行って昨日のことを一部始終話したら、あなたの立場はいったいどうなるでしょうね、ムッシュ・サン・シール？　それともサヴォネ・モルレかしら。あなたが本当は誰なのかわからなくなってきたわ。とにかく私が警察に行っていっさいを打ち明けたら、あなたもあなたの伯母様も刑務所に行かなきゃならなくなるわよ」

「だが君には警察に行く意思はない。そうだろう、ケイト？」シャルルはケイトの手首を乱暴につかむと、ぐいと引き寄せた。「もしその気があったなら、今日は何度だってそのチャンスがあったはずだ。昼、リオランに車を止めて昼食の買い物をしたときにね。君は警官とすれ違いさえした。気がつかなかったとは言わせないぞ。なぜって君たちは互いに会釈をしていたんだから」

ケイトは赤くなった。「私は、お巡りさんがうなずいたから……」

「むろん挨拶《あいさつ》を返さないわけにはいかなかった。だがあんなに夢中で車に向かって走っていくところを見たあとでは、警察も君の言うことを容易に信じてはくれないだろうねえ」

「腕を放してよ！　痛いわ！」ケイトは歯をくいしばったままで言った。

突然、乱暴に握られていた腕が解放され、ケイトはやさしくシャルルの腕の中に抱き寄せられていた。驚き、とまどったブルーの目は、からかいの色を浮かべた黒い目にとらえられた。

「心配することはないよ、ケイト。個人的な感情でこんなことをしているわけじゃないから。マドウの足音が聞こえたから、それで……」シャルルはそれ以上言わなかった。彼の唇が下りてきた。卓越した唇の動きがケイトの体中に熱い炎を送り込んできた。

激しい情熱が心と体とをとりこにする。だが喜びと恍惚《こうこつ》感とに身を任せようとしたそのとき、ケイトは、精神的にも実際上も、シャルルから身を引きはがされていた。

「パルドン、マダム――ムッシュ・シャルル」物わかりのいいほほえみを残して、マドウは紅茶の盆を抱え、急いで部屋を出ていった。

ケイトは一瞬前の情熱が、自分自身とシャルルへのあふれるような軽蔑《けいべつ》心にとって代わられるのを感じていた。だが、あまりに動揺しているためにそんな自分の感情を表すこともできず、彼女はデスクに両手をついて激しく胸を上下させていた。もし自分自身の感情にこんなにとらわれていなかったら、ケイトは、シャルルの顔もまた青ざめ、動揺していることに気づいたことだろう。腹立たしいことに、目の奥に涙がふくらんできた。今逃げ出さなければ、シャルルに私の表情を見られてしまう。ケイトは急いでドアに向かって突進した。

「あなたなんか！　あなたなんか！」ドアのノブに手をかけたまま彼女は言った。すすり泣きがもれるのをこらえることができなかった。

自分の部屋に戻ってみてようやくケイトは少し落ち着き、物事を冷静に見つめることができるようになってきた。シャルル・サン・シール。もっと早くに気づいてもよかったのだ。そういえば、どこかで見たような顔だと思っていた。アントワーヌも、シャルルも。シャルル・サン・シールの顔なら、これまでファッション雑誌で何度も見ている。シャルル・サン・シール——世界的に有名なファッションとポートレート専門の写真家。いつだって美しい女性たちに取り囲まれて暮らしている人だ。私はここで彼と何をしているのだろう？　ケイトは固く握ったこぶしを口に当て、それを強く噛《か》んだ。痛みが、自分の心に取りついたシャルルのイメージを追い出してくれることを願いながら。

しかしそれは不可能だった。彼女はシャルルとオリオール・ヘイドンのイメージに苦しめられていた。そして、その感情が嫉妬《しっと》以外の何物でもないこともわかっていた。これは危険なことだ。一刻も早く何らかの方策を講じなければ……。

5

人生に百パーセント満足するというのは難しい。ふつうの状況ですらそうなのに、現在のケイトのような立場にいればなおさらだ。ベッドから起き上がり、バスルームに向かいながら、ケイトは人間って何て矛盾した存在なんだろうと考えていた。

シャルルをこれ以上近づけるものかと固く誓った数日前のあのときには、その計画がかくもやすやすと成功するとは思っていなかったし、またそのことで自分が失望に似た感情を持つとは予想もしていなかった。あの日、マドウの前でキスをしてみせて以来、シャルルはケイトに対し、私情をはさまない、完璧《かんぺき》なまでに礼儀正しい態度を保ち続けてきたのだ。

ケイトは湯船から出てタオルに手を伸ばしながらため息をついた。キス――それはとても簡単な、日常的なできごとのように思われる。だがあのときのキスはケイトの考えの根底を、男女関係に対する理解を、根こそぎ揺すぶるようなものだった。恋に落ちること、結婚し、永遠に幸せに暮らすこと――これらはこのうえもなく簡単なことだと今までは思っていた。こんなに泣きたくなるような、ひどく疲れる感情は、その図式の中に入っていなかった。第一、一人の男性を――アントワーヌを――あんなにも愛している女が別の男性のことをこんなに意識するなどということはあり得ないはずなのだ。

ケイトは鏡の前に立ち、髪にオイルを塗りつけてひっつめにし、ゴムバンドで一つにまとめた。カールが落ちてくるのを防ぐために耳の上でピンを二つ三つとめる。思いつく中で一番魅力のないスタイルだ。

　クロゼットの中にはハネムーン用に持ってきたドレスがたくさんつるしてある。ケイトはため息をついてカラフルな木綿やシルクのドレスを見渡した。ここに来て以来お天気続きなのが残念だ。だけど……。ケイトは優柔不断な気持を振り払い、ブルージーンズと砂色のブラウスに手を伸ばした。

　こうすればシャルルが私に興味を持つということはないだろう。もっとも彼は私がどんな格好をしようと気にもとめないだろうけど。第一日目の夜マドウの心づくしの食卓についたときも、私がジーンズとブラウスに固執していることに彼はほとんど関心を示さなかったから。

　階段を下りていったとき、かすかに眉を上げたような気もするが、たぶん気のせいだろう。シャルル自身は黒っぽいスラックスに深紫色のベルベットの上着、真っ白なワイシャツといういでたちだった。新しく来たマダム・サヴォネ・モルレの服装のセンスのなさにがっかりしたのは、シャルルよりもむしろマドウのほうらしい。

　昨日もマドウは部屋をそうじにやってきて、扉を開けたままのクロゼットの中につるしてある炎色のドレスに賞賛の目を向けながら言った。

「奥様はズボンがお好きなんですね？」

「ええ――とっても実用的ですもの」

「ああ、確かに実用的ですけれど……でも《メ》美しくは《パ》ありません《ジヨリ》ね」

　その最後の言葉がズボンのことを言っているのか彼女自身のことを言っているのかわからなかったので、ケイトは返事をしなかった。

　かすかな後悔で胸が痛んだが、それを振り切るようにケイトは鏡の前を離れ、階段を駆け下りていった。

　ダイニングルームに入っていくと、シャルルはいつものように窓際の小さなテーブルに座っていた。

ケイトの姿を認めるとシャルルはすぐに立ち上がり、礼儀正しく彼女の椅子を引いてくれた。だがそんな形式ばったしぐさが、いつもに増してケイトをいらだたせた。

「あんなこと、本当にしてくださる必要はないのよ」ケイトはシャルルを見るたびに感じる心のときめきを無視しようと努めながら言った。

「何のことだい？」シャルルは冷たくきき返したが、ケイトの言っていることはよくわかっているに違いなかった。

「私が部屋に入っていくたびに立ち上がってくださる必要はないってことよ。特に何か読んでいらっしゃるような場合は」

「ありがとう。覚えておくよ」

シャルルは下に置いた新聞を再び取り上げ、それをまた読み出した。新聞をまるで二人の間のバリケードのように使っている。ケイトは仕方なしにかごの中の桃を一つ取って皮をむき始めた。彼女がロールパンにバターを塗っているとき、シャルルが新聞を下に置く音がした。

「コーヒーのお代わりをいかが？」

「ウイ、メルシー」シャルルはコーヒーをかきまぜながら何か考えていたが、やがて話し始めた。「ずっと考えていたんだが、ケイト、君はフランス語を習うことをそろそろ本気で考えなくちゃいけないな。僕とマドウが英語をしゃべれるからといって、それを先に延ばすのはよくない。フランス語がわかれば伯母に対してもはっきりものが言えるし、第一アントワーヌも……」

「アントワーヌの話を出してくれてうれしいわ」ケイトの声が震えた。「私は彼がどこで何をしているのか知りたいのよ。どうして彼は私に連絡をしてこないの？」

「そいつは僕にも答えられない質問だよ、ケイト。

昨日、彼のオフィスに電話したんだが……」

「あなたが、電話を？　なぜ言ってくれなかったの？　まるで私には何の関係もないことみたいじゃないの。もしアントワーヌがハンブルクにいるなら、少なくとも彼は……」

「ハンブルク？　なぜ彼がハンブルクにいると思ったんだい？」シャルルは細く濃い眉を寄せた。

「なぜって、アントワーヌがそう言ったもの。ロンドンを発《た》つ前の日、彼が電話してきて、ハンブルクでの仕事が長引いたけれど、式の前の晩遅くには必ず帰るからって……」ケイトは真実だと信じてきたことをそうだと認めてもらいたくて、すがるようにシャルルの顔を見た。

「アントワーヌはハンブルクにはいないよ」シャルルは突然立ち上がり、開け放されたフランス窓の方へ歩いていった。「僕の知る限り、彼は最近ハンブルクへは行っていないはずだ」

「ハンブルクにいないなら、アントワーヌはどこにいるの？」

「僕の知る限り、ケイト、アントワーヌはオーストラリアにいる」

「オーストラリア……？　でも……」

「お聞き、ケイト」突然シャルルは戻ってきてテーブルの上に置いたケイトの手を握った。「アントワーヌはバロッサ・バレイのワインを作っている地域を視察に行ったんだ。彼の母親がそこに投資する計画を持っているらしくて、それでアントワーヌを視察にやったんだね。三カ月の予定なんだが……」

「三カ月！　とっても耐えられないわ！　三カ月なんて！」ケイトは握られていた手を片方引き抜いて顔をおおった。

「そんなに嘆き悲しむことはないよ」しばらくして口を開いたシャルルの口調があまりに冷たかったので、ケイトは驚いて彼の顔を見た。だがその表情は何事も物語ってはいなかった。が、やがてシャルルの口の端にかすかなほほえみが浮かんだ。「アントワーヌは途中でいったん帰国し、城《シャトー》には寄らずにまっすぐここに来て、僕の手の中から君を連れ去っていくつもりなんだ。そうなったら君たちは手に手をたずさえて、夕日に向かって歩いていけばいい」

「それでアントワーヌは、こんなことがあったあとでも何事も変わらないと思っているの？　私が前と同じ気持を彼に対して持ち続けると思っているの？　私がまだアントワーヌを信じることができると思っているの？」ケイトは抑えようのない怒りを彼にぶちまけた。

「そう。アントワーヌはそう考えているようだ。何が起こっても二人のお互いに対する気持は変わらないと、彼自身言っていた。考えてみたまえ、ケイト――アントワーヌが君のためにしようとしているのはとても特別なことなんだ。彼は君と結婚するために母親にそむき、母親を欺こうとしているのだから」

「でも、そんなことをする必要はなかったのよ。彼はただお母さんに向かって一言、結婚すると言えばよかったんだわ。私たちをこんなに複雑なたくらみの中に巻き込んだりしないで」

「だが、言っただろう、ケイト。アントワーヌは心やさしい男で、人の考えを尊重しすぎるんだよ。人に心配をかけたり、迷惑をかけたりするのが心苦しくてたまらないんだ」

「私に心配をかけるのは平気なのね！」

「そうじゃないよ。アントワーヌは君のことをひどく心配している。母親に対して強気になれないことで彼を責めてはいけないよ。それに君自身、お母さんに内緒で結婚式を挙げることに何かしらロマンチックな夢を抱いていたようだから、君にも責任の一端はあるんじゃないかな」

「あんなこと、あなたに言うんじゃなかった。それに今、そんな話を持ち出すなんてひどいわ」

「そりゃそうだ」シャルルはにこっと笑い、ケイトの手をおおっていた温かい手を引っ込めて立ち上がった。「町で片付けなきゃいけない用事が一つ二つあるんだ。一、二時間一人でいてくれるかい？」

「私は大丈夫よ。少し手紙を書きたいから。でも――あなたはさっき言ったわね。アントワーヌのオフィスに電話したって……」

「ああ。僕が君に何も言わなかったのは、オフィスにきいてもアントワーヌの居場所がはっきりわからなかったからだ。彼はホテル名と電話番号をいつもオフィスに知らせておくと言っていたんだが、彼の秘書によれば、彼は移動中ではっきりした住所はわからないということだ。もっともその秘書は伯母が後見人をしている娘だから、真偽のほどはわからない。ともかくアントワーヌはこの家の電話番号をよく知っているのだから、何かあればすぐに連絡してくるだろう。心配はいらないよ。それじゃ、弁護士との約束の時間があるから失敬する」

シャルルはケイトの頬に軽く唇をふれた。それは彼にとっては単なる儀礼的な挨拶《あいさつ》にすぎないのだろう。二人がふれ合うと彼女の内で必ず燃え上がる炎のようなものに彼は気づいていないに違いない。

シャルルが行ってしまうと、ケイトは急に心が軽くなった。彼女は階段を駆け上がり、着ているものを脱ぎ捨て、シャワーで髪を洗い始めた。不愉快なオイルを洗い流し、清潔な輝く髪を取り戻すのは何と心地のいいことだろう。

浴室から出ると、ケイトはギリシャのハネムーン用に買った新しい水着を身につけ、鏡の中の自分の姿ににっこりほほえんでから、階段を駆け下りていった。

「マドウ」ケイトは台所に首を突っ込んで言った。

「お部屋のそうじはあとでするわ。お日様があまり強くならないうちに日光浴をしたいの。それからムッシュ・シャルルが帰るまでにひと泳ぎしようと思うのよ」

「ウイ、マダム」マドウはこちらを振り向き、それからもう一度ケイトの姿を見直した。彼女の目は驚きと喜びでまんまるになった。「まあ、マダム、何てお美しい《シ・ジョリ》！」

「気に入ってもらえてうれしいわ。私もこの水着、とても好きなの」

「本当に《メ・ウイ》。いつもと……全然違っておられますわ、マダム」

ケイトは赤くなった。着たきりのジーンズとブラウス姿から見れば、これは確かに大変身だろう。それにこのぴったりと身についた水着は、体のラインをあらわに見せているに違いない。

「あの、少しお話があるんですが、マダム」マドウが心配そうな様子でおずおずと切り出した。ケイトの水着とは関係のない話のようだ。

「なあに、マドウ？」

「奥様からムッシュ・シャルルにお話ししていただければと思うのですが……ご存知のように私たちは長い間ここでお世話になって……そして今度私、アンサントだとわかったんです」

「あなたが、何ですって？」

「赤ん坊ができるんです、マダム」マドウは赤くなった。「とても思いがけなくて。長い間できなかったものですから、もうあきらめていたんです」

「すばらしいニュースじゃないの、マドウ！　ジョルジュはさぞ喜んでいるでしょう。あなたもね！」

「もちろん《ナチュレルマン》です、マダム。でもムッシュ・シャルルがもう私たちをここに置いてくださらないのではないかと、それを心配しているんです。子供連れでは思うように働けませんし、それに……」

「それは大丈夫よ、マドウ。シャルルはそんな人じゃないわ」そう言いかけてケイトはあわてて口をつぐんだ。

だがマドウはそんなケイトのためらいに気づかなかったようだ。彼女は心からほっとしたように言った。「きっとそうだと私もジョルジュに話していたんですよ。奥様がおいでになったので、少し私も手がすくのではないかと。奥様は家事がお好きなようですね。お部屋のそうじの仕方や、私の手助けをしてくださる様子を見ていればわかりますわ。奥様からムッシュ・シャルルにお話ししてくださいますか？」

「わかったわ、マドウ」ケイトはうなずくと、サングラスをかけて、プールサイドに歩いていった。

お天気は申し分なかった。太陽の下で寝そべっていると、マドウの心配事も自分自身の悩みもどこかに飛んでいってしまうような気がする。太陽の恵みって何てありがたいんだろう。ケイトはのろのろと手を上げてビーチパラソルの位置を直し、顔と肩にあまり日が当たらないようにした。それからもう一度寝椅子に寝そべった。この完璧なくつろぎこそ、今のところ私が人生に求めているすべてのものだ。

どのくらい眠ったのかも、何が彼女を目覚めさせたのかもわからない。それはグラスの中で氷がふれ合う音だったのかもしれないし、寝そべった体と太陽との間を通り過ぎた影なのかもしれなかった。何であれケイトははっと目を覚まし、自分の前に立った背の高い黒い影を見てどきりとした。

「すまなかったね、愛しい人《シェリ》」シャルルはネクタイをゆるめ、シャツのボタンをはずしながら言った。「太陽が当たりすぎていたのでパラソルを少し動かしたんだ。起こす気はなかった。君はずいぶん……安らかに《トランキール》見えたよ」

シャルルがじっと見つめていることに気づいてケ

イトは急いで起き上がり、テーブルの上にほうり出しておいたサングラスに手を伸ばした。

「眠るつもりはなかったの」彼女は立ち上がった。コルクのかかとのついたサンダルをはいているのでいつもより背が高い。「町の用事にもっと時間がかかるのかと思っていたわ」

　ケイトの口調が非難めいていたので、シャルルは苦笑いした。「僕たちは同じことを考えたらしいね、ケイト。僕もプールでひと泳ぎすればさぞ気持がよかろうと思ったんだ。まさか美しい奥さんと一緒に泳げるとは思わなかった。まあお座りよ。マドウが新鮮なオレンジジュースを作ってくれたんだ。君のために一杯、注《つ》がせてくれ」

「ううん、本当に私、長く外にいすぎたから」ケイトが内心、パニック状態になっていることにシャルルは気づいただろうか。「中で手伝いをするって約束したし、それにいっぺんに日に焼けると皮がむけてしまうから」

　シャルルは手を伸ばして、ゆっくりと、深くくれた水着のアームホールをなぞった。「大丈夫。そんな心配はなさそうだよ」

　シャルルの口調があまりに何げなかったので、ケイトは、シャルルが自分の苦しいほどの胸のときめきに気づかなかったに違いないと結論づけた。

「お座り、ケイト」シャルルがもう一度言った。ケイトは脚ががくがくしてきたので、その言葉に従わざるを得なかった。

「さあ、どうぞ」

　彼はジュースの入ったグラスを渡してくれた。さわやかなオレンジの酸味がのどの渇きをいやしてくれる。シャルルは椅子を引いて、ほとんどケイトとふれ合わんばかりのところに座った。ケイトは当たりさわりのない話題を見つけるのに苦労した。

「お仕事はもう終わったの？」

「ああ、思いがけず早くすんだんだ」シャルルはケイトの姿に賞賛のこもった視線を投げかけた。「いつも君がしている服装よりこっちのほうがずっといいね。それに髪も」彼は、ケイトの肩に雲のようにふわりとかかっている金茶色の絹のようにつややかな髪を眺めた。

ケイトはシャルルのそんな意見を無視することにしたが、顔が赤くなるのを止めることはできなかった。シャルルの顔に冷笑が浮かんだ。急いで話題を変える必要があったので、ケイトは思いつくまま、「マドウは何かあなたに言った？」ときいてみた。

「マドウが？　何について？」

ケイトはシャルルの顔に目を当てた。黒い毛におおわれた、広くたくましい彼の胸が視界に入ってくるのを何とかして避けたかったからだ。「赤ちゃんのことよ。何か言ってなかった？」

「赤ちゃん？」シャルルの眉が突然、怒ったようにぎゅっと寄せられた。彼は鋭い目でケイトの姿を一瞥《いち》《べつ》した。「赤ん坊か！　いったいどうして僕に話してくれなかったんだ」

「あなたに話す？」ケイトの顔から血の気が引いた。シャルルは誤解している。ケイトは嫌悪感を抱いた。妙に傷つけられた気がした。「なぜ私があなたに言わなきゃならないの？　マドウに赤ちゃんができるってことを」

「マドウ？」一瞬シャルルはケイトの顔を見つめたが、やがて明らかにほっとした様子でにこっと笑った。「僕は、てっきり……」

「あなたがどう考えたか、よくわかってるわ」ケイトは空のグラスをテーブルに置いて立ち上がった。「それじゃ私、中に入って手紙を……」

「ケイト――待って！」シャルルもすばやく立ち上がり、彼女の手首をつかんだ。唇にはほほえみが浮かび、目はいたずらっぽく光っている。「君の言葉があまりにショッキングだったので、つい間違った結論を出してしまった。それだけのことさ」

「わかったわよ。ともかくマドウは心配しているの。赤ちゃんができたら、あなたがあの人たちに暇を出すんじゃないかと。それで……」

「マドウがそんな心配をするとはね。僕はマドウとジョルジュのために喜んでいるよ」

「最初私が言ったときには、喜んでいるようには見えなかったわよ」

「ああ、あのときはケイト、僕はてっきり君が……」

「わかってるわ、あなたの考えたことは。それにしても、どうしてそんなことをあなたが気にするのよ。私の赤ちゃんだったら、あなたには関係ないじゃないの」

「それは僕にもわからない」シャルルは静かに答えた。彼は考え深げに眉を寄せている。「なぜだかそれは僕に関係のあることだと——それもおおいに関係のあることだという気がしたんだよ」シャルルはケイトが何とかして手を引っ込めようとしてもがいているのを無視し、もう一方の手を伸ばしてきて彼女の目からサングラスを外した。そして、どちらかといえば職業的な口調で「君の目を曇りガラスで隠すのはおよしよ。僕たちみんなの楽しみを奪うのは罪なことだぜ」と言った。

ケイトはサングラスを取り戻そうとしたが、シャルルは笑いながらそれを頭の上に高く上げた。

「お願い、返してください」ケイトは怒りを抑えた声で言った。

「なぜなんだい、ケイト？　またサングラスの後ろに隠れてしまうつもりかい？　君は何を恐れているんだ？　思いつく限りのきたない格好をして、年取った洗濯女みたいなヘアスタイルをして」

「失礼ね！」

「なぜなんだ、ケイト?」シャルルの表情が和らいだ。「あの椅子に寝そべっていたときの君はとても美しかった。男なら誰でも君を見て度を失ってしまうほどにね」シャルルは手を伸ばし、ケイトの髪にさわり、肩をなでてから、その手で彼女のあごをしっかりととらえた。「なぜなんだ、ケイト?」

ケイトは彼から視線を外すことができないまま、必死で考えをまとめようとした。あの広い胸によりかかり、温かい肌の上に手を広げ、そして彼の唇の上に自分の唇を重ねたいという熱い思いがケイトを苦しめる。心を惑わせるような彼の男性的魅力を少なくとも視界から追い出そうと、ケイトは目をつぶった。「なぜって——私はそれを苦行のつもりでやっているの」

「苦行だって?」

「そうよ、苦行よ。もう一度アントワーヌと会える日まで続けるつもりよ」

「なるほど」シャルルは、ケイトの言葉を信用すべきかどうか迷っているらしい。彼はケイトのあごを支えていた手を離した。さっきまであんなに自由になりたいと願っていたはずなのに、ケイトはいちどきに支えを失ったような気がした。「なるほど」シャルルはもう一度繰り返した。「だが注意したほうがいいよ、ケイト。あんまりやりすぎると、アントワーヌがふいに帰ってきたとき、君のことをロンドンで愛したあの美しい娘と同一人物だとは思わないかもしれないぞ」

「そんな心配はないと思うわ」

「まあ、そうだな」シャルルはほほえみ、テーブルの上に置いたサングラスをケイトの鼻の上にかけ直した。「さて、僕も君と一緒にひと泳ぎするよ。着替えてくるから、待っていてくれるかい?」

「わかったわ」一応そう答えたものの、ケイトは二階に駆け上がって、冷たいシャワーで頭を冷やすほうがいいのではないかと思った。だけど、こうしてきらめくさざ波を立てているプールの水だって、冷たいシャワーと同じ効果を持っているだろう。ケイトは自分自身にそう言い訳をした。

シャルルは力強い泳ぎ方をした。水泳はケイトの得意な唯一のスポーツだったので、彼についてプールを往復するのにさほど苦労はしなかった。もっともシャルルはケイトに合わせてゆっくり泳いでくれていたのだろうが。シャルルが水面に浮いていた大きなボールをトスしたので、ケイトはすっかりリラックスした気分になり、力強いクロールでボールを追いかけ始めた。

「君はたいした娘だね」シャルルはにっと笑って言った。

「そう?」ケイトはうれしくなってほほえみ返した。二人はプールサイドに並んで立っていた。

「そうだよ」シャルルは手を伸ばして、有無を言わせずケイトを抱き寄せた。「ケイト」その声は信じられないほどに低く、深く、目は熱い欲望に満ちていた。

ケイトは小さく体を震わせた。こんなに彼に近づいてはいけないと思いながらも、金縛りに遭ったように体が動かなかった。シャルルの手がウエストから背中へとすべっていく。燃えるような興奮が全身を駆けめぐる。小さなため息をついて、彼女は体の力を抜き、彼の体にもたれかかった。シャルルの脚がからんでくる。ケイトは彼のぬれて冷たい体の上を広げた指でなぞった。

「ケイト。ケイト、シェリ」半ばうめくように、半ば勝ち誇ったように、シャルルは何度もその名を繰り返した。

ケイトを抱き寄せていた手の力が強まった。彼女は黒く濃いまつげを伏せたが、シャルルの唇が近づいてくることは充分に意識していた。

そのとき家の横手の敷石の上に、ハイヒールの音が高く響いた。マドウの声と、別のもっと華やかで女らしい声が混じり合って聞こえてくる。シャルルは突然、乱暴にケイトの体を引きはがした。呪《のろ》いの言葉をつぶやき、身を翻してプールに飛び込んだシャルルは、プールの一番向こうの隅に再び頭を出した。

ケイトは体中から血の気が引いていくような思いに耐えながら、そこに立ち尽くしていた。突然に、めくるめく世界が皿に盛られてケイトに差し出された。だが、それは同じほど突然に彼女の目の前から持ち去られたのだった。

6

プールの向こう側で、マドウが水面にかがみ込み、シャルルに何か言っているのが見える。何やら心配そうな顔だ。シャルルはうなずいてから、テーブルのそばに立っているもう一人の女性の方に視線を移し、にっこりと笑いかけた。それから軽やかな身のこなしでプールから出ると、ゆったりとした足取りで、一点非の打ちどころのない服装をした女性の方に歩いていった。

名前を呼ばれてケイトははっと我に帰った。彼女は二人の人間がこちらへ歩いてくるのをぼんやりと眺めていた。一人は短い黒のトランクス姿。もう一方の女性の金髪が、太陽の光を浴びて銀色に輝いている。

「ケイト、フランソワーズを紹介するよ」ほんの一瞬前のできごとなどすっかり忘れてしまったかのようにシャルルは平静な声で言った。

ありったけの勇気をかき集め、何とかほほえみに近い形に口をゆがめながら、ケイトは一歩足を前に踏み出した。シャルルが気さくに肩に手を回して引き寄せたとき、ケイトは思わず体が震えるのを隠すのに苦労した。そんなケイトの様子を見て、女がファッショナブルなサングラスの奥で眉をひそめるのがわかった。

「この人がフランソワーズ。彼女とは僕が一文無しでここに逃げ出してきて以来、家族ぐるみのつき合いをしているんだ」シャルルはまっすぐに――挑戦的とも言える態度で――その美しい女性の方を見て「こちらはケイト。われわれはほんの数日前に結婚したばかりなんだ」と言った。

「結婚ですって？」フランソワーズは深く息を吸い込んだ。鮮やかな赤に塗った唇がぎゅっと結ばれた。「それは、それは、何てロマンチックなこと！」彼女の英語は達者で、しゃべり方もたいそうチャーミングだったので、声が少し高すぎてきんきんしていることなどはあまり気にならなかった。彼女はピンクのマニキュアをした指で、とんとんとシャルルの胸をたたいた。「シャルル、どうしてそんなに秘密主義なの？　どうして花嫁さんを隠しておくのよ？あなたの友達はみんなあなたのお嫁さんを見たがるに違いないのに」フランソワーズはそこに答えを見いだすことを期待してでもいるかのように、ゆっくりとケイトの方に視線を移した。

「別に隠してなんかいないさ。今も言ったように、ケイトと僕は結婚してまだ一週間もたっていないからね」シャルルはケイトの頭に頰をすり寄せた。意味がわかるだろうと言わんばかりのしぐさに、ケイトは顔を赤らめた。

「それじゃ私、ちょっと失礼して服を着てきます」ケイトはシャルルの腕をすり抜けて言った。

「どうぞ、どうぞ。あなたが下りていらっしゃるまで質問はお預けにしておくわ」

「フランソワーズに、昼食を一緒に食べていくように説得しておくよ、ダーリン」シャルルが言った。

「それはすてきね」ケイトは甘い声で答えたが、本心は夫に向けた目つきに表れていた。

ケイトはバスルームの鏡の前に立ち、サンタン・オイルのびんを激しく振った。あの女性客に対してどうしてこんな敵意を抱くのかはわからない。シャルルのベッドルームの壁に飾ってあった肖像画のモデルが彼女であることは間違いないが、それとこれとは関係ないはずだ。彼女はあれから髪型を変えたらしい。今度のカーリーヘアはあまり似合っているとは思わない。それは彼女を老けてみせている。少なくとも三十は越えていると思われるので、それは喜ばしい効果ではないはずだった。

ケイトはまだぬれている髪にべたべたオイルを塗りつけた。こんな格好の私を見てフランソワーズはさぞ勝ち誇った気分になることだろう。ケイトは引き出しから一番古いジーンズを引っ張り出し、スーツケースの隅でしわくちゃになっていたブラウスを身につけた。

シャルルが怒ったように眉根を寄せたのと、フランソワーズが皮肉っぽく口をゆがめたのとを見て、ケイトは自分の選択が間違ってなかったことを知った。ケイトは前者のほうを無視し、後者のほうにはにこやかなほほえみを返した。

「ああ、どうぞフランス語で続けてくださいな」ケイトはシェリー酒がジーンズの上にこぼれるのもかまわず、大きく手を振った。「私、なるべくあなたたちの会話についていくようにするわ。わからない言葉があれば、これで調べるつもりよ」彼女は二階から持って下りたフランス語の手引き書を二人に見せた。

「せっかくだけど」シャルルは我慢強く言った。「それじゃあわれわれは無言で昼飯を食べなきゃならなくなるよ。そんな本、何の役にも立ちやしない。ちゃんとしたフランス語のレッスンを始めるまでは、英語を使うことにしよう。フランソワーズだって別に気にしやしないさ」

「ううん、でも、そうしてほしいのよ」ケイトはソファにもたれかかり、一方の足をクッションの方に伸ばして、彼女のはいていているきたないスニーカーにいやでも皆の注意がいくようにした。「どうぞ、お話を続けて」彼女はそう言いながら、あたりに響くほど大きな音をたててグラスの食前酒を飲み干した。フランソワーズが満足げな軽蔑《けいべつ》をありありと浮かべるのを見て、ケイトは、これこそ自分の望んでいたことだと思った。だが夫の反応を確かめる勇気だけは、さすがにない。

昼食の用意ができたと告げにきたマドウはひどくがっかりした様子だった。食堂の円いテーブルによく冷えたメロンのスライスを並べながら、彼女はケイトの着ているブラウスに非難めいた視線を投げかけ、それからフランソワーズに向かってかすかに微笑してみせた。それは子供がそそうしたのを大目に見てやってくれと懇願する母親のしぐさによく似ていた。

それにひきかえ、フランソワーズの服装には一分の隙《すき》もなかった。彼女のほっそりした体型にぴったりとフィットしたピンクのスーツは目が飛び出るほど高かったに違いない。ケイトはファッション界にいたからよく知っているのだが、世の中には、身を飾るためならどんな出費も惜しまないという女性がけっこういるものだ。それにフランソワーズが金に不自由しない階層に属するらしいことは一目見ただけでもわかる。スーツといい、クリーム色のキッドのバッグとサンダルのペアといい、サングラスに香水、レースのハンカチといった小物のたぐいといい、すべてが高級品ぞろいだった。

だがそれは彼女を美しくしてはいなかった。彼女の目は薄い、ほとんど透明に近い緑で、黒い髪との組み合わせならさぞ印象的だっただろうが、白に近いブロンドの髪とでは全体にぼやけた感じにしかなっていなかった。しかしシャルルはそうは思っていないのだろう。肖像画を描いて、それを自分の部屋に飾ったりしているぐらいだもの。そのときケイトははっと顔を上げた。フランソワーズが何か質問をして、答えを待っているらしいことに気づいたからだ。

ケイトは赤くなった。自分がひどくぶざまに感じられた。「ごめんなさい、フランソワーズ。よく聞いていなかったものだから……」

「私はね、有名な写真家と結婚するのはどんな気持かってきいたのよ」フランソワーズはちらりとシャルルに笑いを含んだ視線を投げかけた。「ファッションの世界って、まるきり別世界って気がしない?」

「いいえ、そうは思わないわ」ケイトはここで小さな勝利点を稼ぎたいという誘惑に勝つことができなかった。「私には、なじみの場所だから」

「なじみ?」不親切な言い方かもしれないが〝口をあんぐり開けた〟というのが、そのときのフランソワーズの表情に最も適切な表現だとケイトは思った。

「ええ。私、ファッション関係の仕事をしていたんです」シャルルの顔をちらりと見たケイトは、彼の唇に笑いが浮かんでいるのを知って意外な気がした。

「あなたが……ファッション関係の仕事を?」フランソワーズはケイトのみすぼらしい服装に目をやっ

たが、やがて、ファッション関係の仕事といってもいろいろあると思い直したようだった。

フランソワーズがそれ以上の質問をしてくるより先に、ケイトは模範的な女主人の役割に戻って、サラダの鉢を差し出してお代わりをすすめた。

「あ、いいえ、もうけっこうよ」フランソワーズはとまどった表情のままシャルルの方に顔を向けた。「ねえ、シャルル、これであなたが結婚したことがばれちゃったんだから、友達をよんで披露パーティーをしなきゃだめよ。みんなきっと奥さんに会いたがると思うわ」薄色の目が意地悪な笑いを浮かべた。

「それは僕も考えていたことなんだ、フランソワーズ。今度の土曜の夜、みんなに来てもらおうと思っている。それでいいね、ダーリン？」ケイトに向けられたシャルルの目は挑戦的だったが、彼はどうやら多分に状況を楽しんでいるようでもあった。

「もちろんよ」ケイトはフランソワーズにわからないようにシャルルに向かってあかんべえをしてから、甘えた声で「ダーリン」と付け足した。シャルルはますます愉快そうにしている。フランソワーズはそんな二人に向かって、不審そうな、嫉妬《しっと》心に満ちた視線を投げかけた。

「僕には一つ考えがあるんだが。むろんフランソワーズが引き受けてくれればの話だけど」シャルルが言い出した。「君のフランス語のレッスンをフランソワーズに頼んだらどうかと思うんだ。そうすれば君たち二人はもっとよく知り合いになれるだろうし」

しばらくの間、気づまりな沈黙があたりを支配した。ケイトは断るために何かいい口実はないものかと必死で考えたが、どうやらフランソワーズも頭の中で同じ作業をしているようだった。最初に言い訳を思いついたのはフランソワーズのほうだった。

「それはすてきな思いつきだわ、シャルル。でも運悪くこれから一カ月ほどは私、用事で家を空けることが多いの。あなたたちもそうでしょ？」彼女はケイトに形式的なほほえみを向けた。「ニューヨークへ行くのは楽しみでしょうね、ケイト」

「ニューヨーク？」ケイトは驚いて夫の方を見た。

「ケイトにはニューヨーク行きのことはまだ話してなかったんだ。びっくりさせようと思ったものだから。今フランソワーズが言ったように、十日ばかりしたらニューヨークに行く予定なんだ。もちろん君も一緒に来るんだよ、愛《シェリ》しい人。ニューヨークでの仕事が終わったら、延び延びになっていたハネムーンに出かけよう。君はどこに行きたい？　メキシコ？　バリ島？　どこか暖かくて一日中浜辺に寝そべっていられるようなところがいいな。夜はダンスを……」

「オリオールのことはどうするの？」フランソワーズの口調は穏やかだったが、口もとは引きつっていた。「ニューヨークに行ったら、オリオールに会うつもり？」

「会わないわけにはいかんだろう。むろん、楽しみでもあるしね。何といっても彼女は僕の親友の一人なんだから」

昼食がすむとフランソワーズは小さな赤いスポーツカーに乗り込んで帰っていった。シャルルはケイトの肩に腕を回したままの格好で、彼女を見送った。

車が見えなくなったとたん、ケイトはシャルルの腕をすり抜け、黙って家の中へ入っていった。二階へ上がろうとして階段に足をかけたとき、シャルルが断固とした口調で彼女の名を呼ぶのが聞こえた。

「なあに？」肩越しに振り向いたケイトは、自分たちが哀れなほどに対照的であることに気づいた。シャルルはベージュのスラックスに黒のオープンシャツという、カジュアルだが隙のない服装をしている。一方ケイトは……いや、ケイトは自分がどんなふうに見えるかを考えたくはなかった。だがそれを忘れているわけにはいかないらしいことが、シャルルの次の言葉でわかった。

「そのきたない服装を二度としないように願いたいんだがね。それは全く……」

「願うですって？　あなたが？」おもしろがっているふりをするのが唯一の防衛策だったし、それは彼女自身の罪悪感をも軽減する役目を果たしてくれた。シャルルの顔はみる間に険しくなった。

「ケイト」彼はケイトのそばに来て彼女の手に自分の手を重ねた。「もっとはっきり言えば、そんな格好をすることを禁止したいね」

「どんなことでも私に禁止したりするのはよしてちょうだい！　あなたにそんな権利はないわ。第一、私はいやなの」

「君がいやだろうが、いやでなかろうが、知ったことか！」シャルルは手を腰に当てて立ちはだかり、目を細くしてケイトを見つめた。

ケイトは彼に長く冷たい視線を投げかけると、できる限りの威厳を持って彼にくるりと背を向け、階段をゆっくりと上り始めた。けれどもシャルルが後をついて階段を上がってきていることに気づいたとき、その威厳は早くもぐらついてきた。階段の真ん中の小さい踊り場に着いたときには、二人の間の距離は相当に縮まっていた。ケイトは無意識に足を速めた。

マドウが台所から出てきて立ち止まり、階段の二人を不思議そうに眺めたが、やがてほほえみを浮かべてダイニングルームの方に消えていった。ケイトの胸はどきどきしてきた。彼女は肩越しにちらりと後ろを振り返ると、威厳も何もかなぐり捨てて一目散にベッドルームに駆け込んだ。

頑丈な木のドアにもたれてほっとしていると、ノブががちゃがちゃと回され、やがて、ケイトが必死で押さえたにもかかわらず、ドアが少しずつ押し開けられてきた。

ケイトは焦った。どうしてベッドルームには鍵《かぎ》がついていないのだろう？　そのとき彼女の頭にインスピレーションがひらめいた。そうだ、バスルームのドアには鍵がかかる！　ケイトはバスルームに飛び込み、がちゃりと鍵をかけた。

「ケイト！」シャルルはドアをばんばんたたいた。「子供みたいな真似はよせ。落ち着いて話し合おうじゃないか」

「それじゃ階下《した》で話し合いましょう」

「今すぐ、ここで話し合いたいんだよ」

「私の部屋ではいやよ」

ケイトはバスルームの、つるつるした白いドアに頬を押し当てて耳を澄ました。シャルルがうんざりしたようなため息をつき、ドアの前から歩き去る音が聞こえる。だが足音は部屋から出ていかないで、部屋の中央で止まった。おそらく彼は眉をぎゅっと寄せてロックされたドアをにらみつけているのだろう。

何だかおかしくなって、ケイトはくすりと笑った。そして思いがけずこぼれた涙を柔らかなタオルでふいた。そのときベッドルームの方から何か物音が聞こえたので彼女はもう一度顔をドアに押しつけた。クロゼットの扉の開く音がし、ハンガーのぶつかり合うかちゃかちゃという音が聞こえる。

「シャルル！」ケイトは囚人のようにこぶしでドアをたたいた。

「何だい、愛しい人《シェリ》？」ミルクのように甘い声だ。

「私のクロゼットを開けて、何をしているの？」

「何て言ったんだい、ケイト」シャルルは近づいてきてノブを回そうとした。

「やめてよ！　レディがバスルームにいるとき入ってきちゃいけないって教わらなかったの？」

「君はレディじゃないよ、ケイト。僕の妻だ」

「そう、あなたの奥さんならそりゃあレディじゃないでしょうよ。ともかくそんなおもしろくもない冗談を言うのはやめて」

ケイトは返事を待ったが、シャルルは何も言い返してこなかった。軽妙な言葉のやりとりをする楽しみを奪われて、彼女はがっかりした。

「シャルル！ シャルル！」ケイトは再び子供のようにドアをどんどんとたたいた。

シャルルからは何の反応もない。ケイトは洗面台に近づき、手を洗いながら自分の顔をつくづくと見た。彼女は今さらながらこんな姿をフランソワーズに見せたことを後悔した。もしシャルルがもっとまともな頼み方をしてくれたら……。ケイトはドアのところに戻って、もう一度耳を澄ましてみた。部屋は静まり返っている。彼女はドアを細めに開けた。部屋には誰もいないようだ。部屋のドアもきちんと閉まっている。安心したような、がっかりしたような気分でケイトはバスルームを出た。

「やあ、ケイト。とうとう出てきたね」おもしろがっても怒ってもいない様子でシャルルは窓際の椅子から立ち上がり、ケイトがもう一度バスルームに逃げ込めないような位置にうまく立ちふさがった。

「あなたが行ってしまったと思ったからよ。私は考えを変えていないわ。私は自分の寝室に男の人を入れないことにしているの。なるべく早く出ていってくださらない？」

「それはなかなか立派な考え方だ。それを聞いて安心したよ。だがこの場合は例外にしてもいいと思う。最初の晩に言ったとおり、僕に関しては君は百パーセント安全だからね」

「でもあなたはそう言って私をだましたのかもしれないもの」ケイトは手厳しく言った。

シャルルの唇にふっと笑いが浮かんだ。「僕たちはどうやら、お互いにだまし合いをしているようだね。必ずしも成功はしていないが、何とかだまそうと努めているように思える」

ケイトは背筋に戦慄《せんりつ》が走るのを覚えた。動揺を隠して、ケイトは冷たく彼を見返した。「あなたの言ってる意味、全然わからないわ。それより私、あなたが私のクロゼットを開けて何をしていたのか知りたいの」

ケイトはシャルルから目を離し、何かヒントはないかと部屋中を見回した。答えはすぐに見つかった。部屋の片隅にジーンズとブラウス——この数日間作戦としてケイトが身につけていたもの全部——が無造作に積み上げられていたからだ。

「よくもこんなことをしたわね！　私の部屋に入ってきて、クロゼットを荒らし回るなんて、言語道断だわ！」

「君の洋服入れにはなかなか魅力的なドレスがたくさん入っている。僕は君がビート族みたいな格好で——それも薄ぎたないビート族だ——うろつき回るのは許さないことにしたんだ」

「どんな格好でうろつき回ろうと、私の自由よ」

「僕の家の中ではそうじゃないね。ここでは僕の希望が優先されなければならないんだ。君はアントワーヌが迎えにくるまで行者のような格好をすると言ったが、そうしなきゃいけないのはむしろ城《シャトー》に帰ってからじゃないのかい？」

「よくもそんなことが言えたわね。それじゃまるでアントワーヌが……」

「アントワーヌのことを、君はどれだけ知っているんだ？　君たちがお互いのことをよく知り合っているという確信が君にはあるのか？　賭《か》けてもいいが、ケイト、君は六カ月もすればアントワーヌとの生活にうんざりしてしまうだろうよ」

「あなたは彼を愛しているんだと思っていたわ。兄弟みたいにってあなたは言ってたじゃないの」

「僕は彼を弟みたいに思っている。だからといって彼の欠点を認めるのにやぶさかではない」

「あなたには欠点はないんでしょうね！」

「僕にだって少しはあるさ」シャルルはにやりと笑った。「だが僕の欠点は彼のとは違う。アントワーヌは君を満足させられる男じゃないよ、ケイト」シャルルはまじめな顔に戻って言った。

「ところがあなたはそうだって言いたいんでしょう！」そう衝動的に言ってしまってから、ケイトはすぐに後悔した。だが出した言葉は今さら引っ込めるわけにはいかない。二人はお互いにじっと見つめ合った。シャルルの目の色がいっそう濃くなった。

「どうしてそんなことを言ったんだ？　僕に関しちゃ君は安全だと一度ならず言ったというのに？」

ケイトはくるりと背を向け、手首をさすりながらきつく唇を噛《か》んだ。シャルルの手が肩に置かれたのを感じて、ケイトは身を震わせた。彼の胸に体をもたせかけたいという欲望が抗《あらが》い難く湧《わ》き上がってくる。彼がやさしく抱きしめてくれたら、どんなに心が安らぐことだろう。

だがシャルルの手はやさしくはなかった。彼の指はブラウスの薄い生地を通してケイトの柔らかい肌に食い込んだ。「今、着ているものを渡したまえ、ケイト。このぼろの山と一緒にジョルジュに燃やしてもらうから」

「あなたって、何て自分勝手な人なの！」ケイトは向き直ってシャルルの顔をにらみつけた。

「そうかな？」彼はほほえんでいる。

「……それに、どうやって……」

「方法はあるさ。君に聞き分けがないなら、そうしてもいいんだぜ」

「どういう意味？」

「つまり、僕が自分の手で君の服をはぎ取ってもいいって意味だよ。いつまでも強情を張るんだったら」

「そんなこと、できっこないわ！」言葉だけは勇ましかったが、内心ケイトはひどく動揺していた。からかうような黒い目を見つめられるとなおさらだった。

「いや、できるね」シャルルの声は静かだったが、それが単なる脅しではないことは明らかだ。

「私、大声でマドウを呼ぶわ」

「呼んだって聞こえないさ。たとえ聞こえたって、僕らがふざけ合って楽しんでいるのだとしか思わないだろうよ」

「どうしてそんなふうに考えるの？　とにかく、マドウは私たちが寝室をともにしていないことを知ってるんだし……」

「ああ、そのことなら、僕はマドウが不審を抱かないように細心の注意を払っているよ。男のプライドだと思ってくれてもいい。どんな男だって、新婚間もない花嫁が一人で寝たがっていると使用人に思わせたくないだろうからね。僕の中二階の部屋のベッドは、毎朝マドウが七時半にやってくるまでには、まるで使わなかったかのようにきちんと整えられているよ」

ケイトもまた、毎日部屋を出るとき、ダブルベッドのもう一方の枕をへこませたり、掛けぶとんをくしゃくしゃにしたりして、あたかも夫がそこに寝たかのように見せかけるのに苦心しているのだ。私だって、夫に関心を持たれていないとマドウに思われるのはいやだ。もっともこんなことは、口が裂けてもシャルルには言えない。

長い間シャルルはケイトの顔に様々な思いが浮かぶのを眺めていたが、やがてゆっくりと手を伸ばしてきて彼女の肩をつかんだ。ケイトはびくりと肩を震わせた。

「ケイト、ケイト。どうしてそんなに怖がるんだい？　言っただろう？　僕は……」彼はふいに言葉を切ってため息をつき、手を下ろした。「そろそろ休戦にしようじゃないか、ケイト。君とやり合うのはなかなか楽しいが、いつまでもこんなことをやっているわけにもいくまい。僕が頼んでいるのはたった一つのことだ。僕の言うようにしてくれるね？」

「わかったわ」ケイトはしぶしぶ答えた。

「いい子だ！」シャルルはかがんでケイトの頬に軽くキスをし、ブラウスの襟にちょっとふれた。「君が聞き分けてくれたのを喜ぶべきか悲しむべきかわからないけどね」皮肉っぽい笑いを浮かべると、彼は部屋を出ていった。

ケイトは立ち尽くしたまま、胸が締めつけられるような思いにとらわれていた。ああ、私はいったいどうしたというのだろう？　彼女はうめき声をあげ、震える手で顔をおおうと、ベッドに突っ伏した。

私はアントワーヌを愛しているのよ！　ケイトは二人が恋に落ちたあのロンドンでの楽しかった日々を、そしてアントワーヌの姿を思い起こそうとした。だがアントワーヌの顔はいつの間にか彼女の記憶からするりと抜け落ちてしまうのだ。そしてそれはもっと強く、もっと激しく心を揺するもう一つの顔にとって代わられてしまう。そして今、彼女は恐れていた。ひどく恐れていた。第二番目の男を知った以上、自分がもう第一番目の男を前のようには愛せないのではないかということを。

7

次の日、ケイトとシャルルは翌日のパーティーに必要な食料品を買い出しに行った。ケイトはきれいなドレスを着ざるを得なくなったことが本当はうれしかった。朝ダイニングルームに入っていったとき、シャルルはケイトの着ているドレスについては何も言わなかったが、その目は充分に賛意を伝えていた。

マドウのほうはそれほど慎み深くなかったので、ケイトと二人で購入すべき食料品のリストを検討するとき、さっそく「そのドレス、とてもすてきですわ」と誉《ほ》めた。

「そうでしょう? ここへ来る前、バーゲンセールで買ったのよ」ケイトは立ち上がって、くるりと一回転してみせた。フレアスカートがぱっと広がり、そしてまた彼女のスリムな体に巻きついた。鏡に映った自分の姿をちらりと見たケイトは、髪をもう少しどうにかすればよかったと思った。だが全面的に降服するのは何だかくやしい気がしたのだ。本当はおしゃれをしたいのだということをシャルルに見抜かれるのはいやだ。

ジーンズとブラウスをやめる約束はしたが、スラックススーツはその中には入っていないだろうと考えて、ケイトはゆうべ、夕食のときにハーレムパンツをはくことにした。それはシルキーな白いラメ入りの生地でできていて、かかとの高いピンクのサンダルとぴったりマッチした。サンダルの細いひもが、すんなりした足音を強調してみせている。上着はゆったりとしたブルゾンスタイルで、深くくれたネックラインは彼女が下に何も着ていないことを示していた。

ゆうべもシャルルがその服装について何も言わなかったので、ケイトは内心失望したのだったが、その代わり彼は向かい側に座ったケイトの姿からひとときも目をそらそうとはしなかった。彼は黙りがちで、何か自分の考えにふけっているように見えた。ワインを空けるピッチもいつもより速い。夕食がすんだあと、シャルルが、自分の部屋に戻ってパーティーによびたい人に電話をすると言ったときには、ケイトは半ばほっとし、半ば失望したものだった。

だが今朝のシャルルは、もっとリラックスしている。ケイトも何だか楽しくなってきた。彼女は華やかなターコイズブルーのドレス姿に最後の一瞥《いちべつ》を投げかけると、マドウに向かってにっこりと笑い、テーブルの上のリストを取り上げた。

「これで全部かしら、マドウ?」

「そうだと思います」

「それじゃあ、そろそろ行くわ。だんな様がしびれを切らすといけないから」

「君はどうやら物分かりがよくなってくれたようで うれしいよ」ドアのところで声がしたので、ケイトは驚いて振り返った。彼女は余裕を持ってほほえんでみせたが、それでもシャルルの表情を見て思わず顔を赤らめた。「用意はいいかい?」

「ええ。でも、ちょっと待って」ケイトはホールに出て、階段を二段ずつ駆け上がり、ベッドルームに駆け込んだ。

メロディーを口ずさみながら、ブルーと白のスカーフを頭に巻き、後ろで結ぶ。もうすでにピンク色をしている唇に、口紅で最後のタッチを加えると、バッグを取り上げ、ハミングしながらホールへ駆け下りていく。階段を下りきったところでケイトはふと立ち止まった。鼻歌を歌う気分になるなんて、何日振りのことだろう——今彼女は確かに幸せだった。

思いにふけりながらケイトは車のそばに立ってい

るシャルルのところへ歩いていった。シャルルはじっとたたずんだまま、丸石の上を歩いてくるケイトを見つめている。彼のそばまで来たとき、ケイトはもう息切れがしていた。二人はじっと見つめ合った。二人の目はどちらもサングラスの後ろに隠れていたが、それぞれが何かを求めて相手の目をとらえようとしていた。それが何なのかは皆目わからなかったが。二人の頭上からは、はとのクックッというやさしい鳴き声が聞こえてくる。

そのときふいにシャルルがほほえんだ。真っ白い歯が朝の太陽にきらめいた。「用意はいいかい?」さっきは短く、非難めいてさえいたこの言葉が、今は愛撫《あいぶ》のように聞こえた。

「いいわ」スカートを押さえて、シャルルが開けてくれた車の中に体をすべり込ませるとき、ケイトは自分でも不思議なほどの幸福感を感じていた。

二人は二時間ほど、マドウが注文した食料品を買い求めて歩いた。ケイトはリストを調べ、首尾よく品物が手に入った場合は満足げにそれを線で消した。その間中ケイトは、これまで名前を聞いたこともなかったこの町の魅力に感嘆の声をあげっ放しだった。

「サルラ・ル・カネーダ」カフェテラスに座ってよく冷えたアイスコーヒーを飲みながら、ケイトはその名を舌の上で転がしてみた。「何て変わった名前でしょう。でも何て美しいこと! あの古めかしい中庭を見て……まるで時代が逆戻りしたみたい!」彼女は向かい側の中世風な家を指さした。

「そうだね。とてもチャーミングだ」シャルルは長い葉巻たばこを吸い込み、ゆっくりと煙を吐き出した。いつも完璧《かんぺき》な、ほとんど訛《なまり》のない英語をしゃべるのに、今日のその言葉はずいぶんフランス語風な発音の仕方だ。口もとにほほえみを浮かべた彼はとても心安らかに見える。

「あなたはここに住んで、きっととても幸せなんでしょうね、シャルル。今ではすっかり落ち着いたんだし。結果としては、お城《シャトー》を出たほうがずっとよかったんじゃない……？」そうは言ったものの、その言葉がシャルルを傷つけたのではないかとケイトは後悔した。

「ということは、ケイト……」シャルルは葉巻の煙に目を細めながら言った。「君はオーベルニュよりここのほうがいいと思っているんだね？」

「もちろんよ。私、ここが好きだわ。それにあなたのおうちはお城《シャトー》よりずっと居心地がいいわ。あんなところに住むと思うと……」ケイトは身震いし、それから自分の言葉がどんな反応を引き起こしたかが心配になって、そっとシャルルの方をうかがった。彼が何も答えないので、ケイトはもう一度初めの質問に戻った。「あなたは、自分の家が気に入っているのでしょう？」

「ああ、気に入っているよ。壊れかけた納屋だったのを少しずつ改造して、今じゃ、まあまあ快適と言える住居になった。その過程を見てきたから愛着があるしね。だが家庭というのはケイト、いい環境やエレガントな家具以上の何かが必要なんだよ。それに」彼は話題を打ち切るように手を振った。「僕は旅に出ることが多いしね。はと小屋《ラ・ピジョニエール》にいるより、飛行機に乗ってる時間のほうが多いんじゃないかな」

シャルルは手を上げてウエイターを呼んだ。

二人の間にはいつになく気のおけない雰囲気が漂っていた。このような楽しいひとときが過ごせるのも今のうちだけだ――たとえ長く思い出として残るとしても。だから、この地方でとれる豊かな野菜や果物を積み上げたマーケットを見て回りながら、ケイトはその喜びを隠そうともしなかった。そしてシャルルもケイトのはしゃぎぶりに充分応《こた》えてくれているように思われた。二人がこんなに自然にふるまったのは初めてではないだろうか。

「これをいったん車に運んでいってもいいかな?」

腕にいっぱいの包みを抱えたシャルルは、参ったというようにケイトの方を見た。「奥さんが山ほど買い物をして回るのについていくアメリカ人の夫のような気分になってきたよ」

ケイトは笑った。「そんなふうにはとても見えないわよ、シャルル」

「そうかい? 今でも?」

「そうよ。本当のところ、あなたはこの買い物を楽しんでいるんじゃない?」

「そう見えるかな」シャルルは肯定もせず、否定もせず、ただにやりと笑っただけだった。「ともかく一度車に戻ろう。メモをチェックして買い忘れがなかったら、昼飯を食べにいくことにしようよ」

「マドウが支度をして待っているんじゃない?」

「いいや。昼飯には帰らないと言っておいた。帰りは川沿いにドライブしていこうと思うんだ。ここにいる間に少しでも多くいろいろなところを見せてあげたいからね」

自分はほんの一時的にここにいるにすぎないのだという自覚も、その日の楽しみを損いはしなかった。

二人は中央広場から少し外れたところにある小さなレストランに入った。店の主人らしい人が満面に笑みを浮かべて近づいてくる。

「どこに座りたい?」

そうきかれてケイトは薄暗い室内を見回した。台所側の壁に沿ったテーブルにしか空席はないようだ。彼女は庭に置かれたピンクのクロスのかかったテーブルの方へ目をやった。

「ねえ、シャルル。外のテーブルに座るのはいや?」ケイトは無意識に自分の手をシャルルの手の中にすべり込ませた。シャルルが眉を寄せて振り向いたので、ケイトは自分の行為にはっと気づき、急いで手を引っ込めた。「木の下は……とても涼しそうだから」彼女は口ごもりながら言った。

実際そのとおりだった。二人は木々の間を渡ってくるそよ風のささやきや、壁を伝って咲いている花々のまわりを飛ぶ虫の羽音に耳を傾けた。内密な話など特になかったけれど、ここにいると人々から切り離された二人だけの世界に浸れるようで、ケイトはうれしかった。

「ここに連れてきてくださってありがとう」沈黙を破ってケイトが言った。

「どういたしまして」シャルルはゆっくりとした、かすかにからかいを含んだ口調で答えた。そんな彼の態度のおかげで、ケイトは気軽に話を続けることができた。

「あなたはよくここへ来るの？」ケイトはテーブルに肘をつき、手にあごを載せてきいた。

「そうしょっちゅうってわけでもない」シャルルもケイトを真似て肘をつき、顔を近づけた。「美しいモデル嬢に昼食をごちそうするような機会に恵まれたときだけだね」

「そういう機会はよくあるんでしょうね。あのゴージャスなオリオールはどうなの？」

「どうなのって？　君の表現が適切かときいているとすれば、答えはイエスだよ、愛しい人《シェリ》。彼女は確かにゴージャスだ」

「まあ……！」ケイトは口をとがらした。

「僕が思うには、君はどうやら……」シャルルは手を伸ばしてケイトの頬をなで、その手を彼女のむきだしの腕に置いた。「少しばかり妬《や》いてるんじゃないかな？」

「そう思う？」ケイトはゲームを楽しんでいた。

「じゃあフランソワーズはどうかしら？　彼女もやっぱり妬いているの？」

「知らないね。だが彼女は妬く必要などない。そして君もだよ、マイ・スイート」シャルルは頭をそらして笑った。

　もちろん私は妬いてなんかいないと言い訳しようとしたとき、ウエイターが大きなメニューを持ってやってきた。ウエイターとシャルルは時間をかけて食べるものの相談をしている。しばらくしてシャルルが顔を上げた。

「君の分も僕が決めていいかい？」

「いいわ」ケイトはにっこり笑ってメニューを返した。シャルルは何につけても物事を自分で決めたがる人のようだ。それに比べてアントワーヌは……ケイトの心に影がさした。アントワーヌはいつも人の判断に委《ゆだ》ねるように見える。彼の母親や妻の判断に。

「君は本当にフランス語を習い始めたほうがいいよ、ケイト。アントワーヌだって、それを望んでいるだろう」ケイトの心を読み取ったかのように、シャルルが言った。

「それならアントワーヌは、いつも彼の思うとおりにはならないのだということを知るべきだわ」ケイトはぷいと横を向いた。せっかくの和気あいあいとしたムードが壊れてしまったのが残念でならなかった。

「かわいそうなアントワーヌ！」シャルルは心から言った。

　ケイトが怒ってそれはどういう意味かときき返そうとしたとき、ウエイターがワインのびんを持ってきた。シャルルが二人のグラスを満たしていると、別のウエイターがワゴンを押してきた。

「マダム、海の幸のクレープでございます」まだ若くて経験の浅そうなボーイは、ケイトを見て賞賛の目を輝かした。

「イエス――ウイ、メルシー」

　ケイトがほほえみかけたので、ボーイはスプーンを取り落とし、赤くなってそれを拾い上げた。「ムッシュ？」

一部始終を見てシニカルなほほえみを浮かべていたシャルルもうなずき、二人はシーフード・クレープを食べ始めた。

「この間僕が言ったことは、どうやら間違っていたようだね。君がサングラスを取るとぶっそうなことになるようだから。ところで……味はどう?」シャルルはケイトの皿を指して言った。

「とってもおいしい。フランスで食事するときはいつだっておいしいを連発することになるけど。本当にフランス料理って評判どおりのすばらしさね」

「うん。だが昔ほどではなくなったように思うね。観光客が多くなりすぎたから」

「飛行機からヨーロッパのお客さんが次々にはき出されるのを見てニューヨークの人も同じことを言ってるんじゃない?」

「そうかもしれないね。いずれにしろ、このシーフードはこの地方独得の料理だとは言えないけれど、次のはまさしく郷土料理なんだ。ああ、来た、来た」

ウエイターは大きな銀皿に盛った肉を取り分け始めた。それはおいしそうにローストされたあひるの肉で、小さなポテトとグリンピースが添えられている。

シャルルは、ケイトが香ばしく焼けた皮にナイフを入れ、柔らかく汁気の多い肉を口に入れて目を輝かすのを見て、うれしそうにほほえんだ。

「これはコンフィ・ド・カナールっていうんだ。気に入ってくれてよかったよ。国中どこでも食べられるが、やはり地元のが一番うまいんだ。ところで」シャルルはナイフとフォークを下に置いてケイトをじっと見た。「手紙を書くと言っていたが、お母さんに連絡を取ったんだろうね」

「いいえ。前も言ったけど、母とアンドリューはいつニューヨークに帰るかわからないんですもの。玄関マットの上に何週間も置きっ放しになることがわかってて手紙を出すなんて無駄なことだと思うから」ケイトは罪の意識が頭をもたげるのを無理やり抑えて、軽い調子で答えた。

「お母さんが再婚したと聞いて頭に血が上ったのはわかるが……」

「違うわ。どうしてそんなふうに考えるのよ。私は……」

「いいや、確かに君は逆上したんだ。だからといって君を責めはしないよ。僕が言いたいのは、君が傷ついたからって何も……」

「あなたからそんな忠告を聞くとは思わなかったわ、シャルル」ケイトはピンクのリネンのナプキンで口をぬぐいながら、なぜ急にこんなに食欲がなくなったのだろうと思った。「あなたも伯母様と和解するのに長い時間がかかったんでしょう。そういうあなたなら誰よりも私の気持をわかってくれると思っていたわ。それに私、母とアンドリューに復讐《ふくしゅう》しようなんて気は少しもなかったのよ」そう言いながらケイトは、これは必ずしも真実ではないと思っていた。「問題は、私が子供のころヤング・ラッキンバーに夢中になったことだと思うわ。あなたはスコットのあの詩を知っている?」

「東方から来たという、あのラッキンバーかい?」シャルルの声は低くやさしかった。彼は手を差し出してケイトの手を握った。「君は彼に恋をしたんだね?」

「ええ」ケイトはまばたきして、自分の手をおおっている浅黒く日焼けしたシャルルの手を見下ろした。親指が愛撫するようにケイトの手首を上下している。切なくて、彼女は泣き出したくなった。そう思っただけで涙が一滴、彼の手の甲にこぼれて落ちた。ケイトは涙がいっぱいたまった目でシャルルを見上げた。「私は八歳のとき、ヤング・ラッキンバーに恋をして、そしてそれ以来駆け落ちというものにロマンチックなあこがれを抱いてきたの。どうか私の子供時代の夢を壊さないで、シャルル」

「それは僕もしたくないことだよ」シャルルは手を引っ込めた。「もういいのかい?」

「ええ。本当においしかったわ」ケイトは半分しか食べていない自分の皿と、シャルルの皿を見た。「どちらもあまりお腹《なか》がすいていなかったのは残念だったわね」

二人はコーヒーを飲んだあと、中央広場の木陰に止めてある車のところまでぶらぶらと歩いていった。午後の暑さにもかかわらず買い物客や旅行者でにぎわっている狭い通りを抜けると、車はレ・ジジーに向かう大きな通りへと入っていった。

ようやく町の喧騒《けんそう》から逃れられたことにほっとしながら、二人はそれぞれに、レストランで交わした会話のことに思いを馳《は》せていた。車の窓は開け放してあったので、ケイトはスカーフを取り、髪を心地よいそよ風になびかせた。家に帰ったら髪のオイルを洗い流そう。そんなことで気持を抑制しようとしたって、もう遅いのだ……そこまで考えてケイトは急いでそんな思いを振り払った。そして車のシートに体をうずめ、目を固く閉じて、ラジオから流れる甘い音楽に気持を集中しようとした。

だが数分もたたないうちにケイトは閉じた目を再び開けた。車がメインロードを外れ、スピードを落としてでこぼこ道を走り始めたからだ。ケイトは問いかけるようにシャルルの方を見た。彼は少しこわばった笑いを浮かべてケイトの方に短い視線を投げかけた。

「うとうとしかかってるのかと思っていたよ。もうすぐ川だ。川原でしばらく休んでいこうと思うんだが、かまわないかい? 木陰は涼しいし、ボートの行き来を眺めているのもけっこう楽しいんだよ」

「すてきね。こんな暑い午後は川べりで昼寝するのが一番だわ」ケイトはのんきそうにあくびをするふりをした。

「君は昼寝などせずに、僕の相手をしてくれなきゃいけないんだぜ」シャルルは車を止め、振り向いてにやっと笑った。

ケイトはどうにかほほえんでみせることはできたが、すぐに目をそらして、座席の後ろにいつも入れてある敷物《ラグ》に手を伸ばした。

「敷物を持っていきましょうか？」

「もちろん。貸したまえ、僕が持つよ」

ケイトはシャルルの後ろを歩いていった。まわりには輝くばかりの緑の草原が広がっていたが、そんなものはほとんど目に入らなかった。ケイトはただ、シャルルのすらりとした後ろ姿や、ぴったりフィットした麻のジャケットの下の広い肩を見つめていた。

やがて彼は立ち止まり、縞《しま》模様のラグを広げ、ケイトの方を振り向いた。彼は何も言わず、ただかすかなほほえみを浮かべている。ケイトの恐れや疑いを察しているかのように。

シャルルはジャケットを脱いで草の上に投げ出し、ケイトの顔を見ながら黒っぽいシルクのタイをゆるめ始めた。「かまわないかい、ケイト」その声には笑いが含まれている。浅黒い肌や広い胸が、ケイトの脈搏《みゃくはく》にどんな影響を与えるかを知っているのだろうか。シャツのボタンを外す指から無理に視線をそらすと、ケイトはラグの上にハンドバッグを置き、その横に座り込んだ。

「かまわないかって？　何が？」彼女は意味がわからないふりをした。目は数メートル先を流れている深緑色の川に当てられている。

だがシャルルはさっきの会話を忘れたかのようにラグの上にごろりと横になると、肘をついて半身を起こした。ケイトはかたくなに顔をそらしたままでいたが、シャルルのからかいを含んだ視線が自分の横顔に当てられていることを痛いほどに感じていた。自分の思いの深さをどうにかして隠すことはできないものかと思い惑いながら、ケイトはやみくもに向こう岸を指さして「あの建物は何かしら」ときいた。

シャルルはゆっくりと頭を上げて、彼女の指さす方角に目を向けた。「はっきりしたことはわからないが、察するに、あれはたぶん牛小屋だと思うよ」

ケイトは振り向いてシャルルの顔を見た。けれども彼は急に、草を一本唇にはさんだまま目をつぶってあおむけになった。ふいに涙ぐみそうになって、ケイトはもう一度向こう岸を見つめ、そのとき初めてさっき自分が指さした建物をはっきりと見た。首に鈴をつけた、やさしい目のまだらの牛が、豊かな青草を食《は》んでいるそのそばに建っている小さな石の建物は、どこから見ても牛小屋にしか見えなかった。

何て私はばかなんだろう！　ケイトは手で目をこすり、かたわらに横になっている男の顔に目を当てた。広い胸が規則正しく上下している。彼はどうやら眠りかけているようだ。ケイトは手を彼のシャツの下にすべり込ませて温かい肌にふれてみたいと思った。だがそんなことをすれば致命的なことになる。たとえ眠りかかっていてもシャルルは私の手をとらえ、ラグの上に押し倒すだろう。私の上におおいかぶさって、私を見下ろすだろう。そして……それから……？　そこまで考えてケイトは思わず赤くなった。

ケイトはため息をついて、あおむけに寝そべった。豊かに茂った葉の間から青空がきれぎれに見えている。ケイトは、眠っていてさえも強く発散してくるように見える彼の影響力から逃れようとしてラグの一番端まで体を移動させた。

しばらくしてケイトは起き上がり、シャルルが目を覚まさないように気づかいながら静かに青草の上を歩き回った。それから川べりまで下りていって、不安な重い気持で、川の流れにしばらく目を当てていた。ため息をつき、草を折って、シャルルがしたようにそれを唇の間にはさんでみる。やがてケイトは土手の道を川の流れに沿ってゆっくりと歩き始めた。

川原の向こう側は柵で区切られた麦畑になっていて、小麦が刈り取られるのを待つばかりに豊かに実っている。だがケイトはほとんど何も見ていなかった。昼食のときにシャルルと交わした話をもう一度思い出していたからだ。

私はどうしてこんな道に迷い込んできてしまったのだろう？　自分がいかに恐ろしい罠《わな》にはまろうとしていたかを考えて、ケイトは身震いをした。マダム・サヴォネ・モルレは、自分の考えを押し通すためなら何だってしかねない人だ。もしシャルルが時宜にかなった提案をしてくれなかったら、マダムは、私とアントワーヌの結婚を阻止するためにどんなことをやっていただろう？　ああ、何ていうこと！

ケイトは手で頭を押さえた。そのとき土手の道がもう行き止まりになっていることに気づいて、彼女は今来た道を戻り始めた。

午後ももう遅い時刻だというのに、太陽はまだ強く照りつけている。草原はゆらめく黄金色の光を浴びて広がっている。まるで印象派の絵画のような静けさと美しさがそこにはあった。彼女は足を止め、木の幹にもたれかかって木陰の涼しさを楽しんだ。しばしの間、頭に取りついた悩みからも解放されるような気がする。

草原にはポピーがところどころに赤いアクセントをつけている。ケイトは無意識にその絹のような赤い花びらに手を伸ばした。手にねばねばした汁がついたので、ケイトは初めて自分のしていることを意識した。

彼女は手の中にある花を見下ろし、花粉をいっぱいにつけた黒い花心の完璧な美しさに感嘆した。自分の無意識な行動が花の命を摘んでしまったことが悔やまれる。そのとき突然カチャリというシャッターの音が聞こえたので、ケイトは驚いて顔を上げた。シャルルがカメラのレンズを向け、こちらに歩いてくる。

「ポピーと娘」シャルルはそう言いながら近づいてきた。「どこに行ってしまったのかと思ったよ」

ケイトはふいに顔をそらした。自分が何と答えるかわからないような気がしたからだ。彼女は遠くの草原に目をやった。「こんなに美しい風景を見るのは初めてよ。前に見たことのある絵を思い出すわ。モネ、だったと思う。女の子が草原を歩いていくの。やっぱりポピーがあったわ……」ケイトは木の幹にもたれかかり、望みのないあこがれのまなざしをシャルルの方に向けた。

「君はきんぽうげが好きかい？」シャルルは木の幹に片手をつき、ケイトの顔を見下ろしてほほえんだ。そして右手に握ったものを彼女の目の前に差し出した。それは一本のきんぽうげだった。「君はきんぽうげが好きかい、僕のケイト」

ケイトは首を振った。そんなささやかな動作が、自分自身の欲望と、体中をつらぬき焼き尽くす白い炎に対する抵抗になるとでもいうように。ケイトは彼の目から、すぐ前にある唇へと視線を移し、それから頭をたれた。薄いシャツの間から、柔らかな濃茶の毛が生えた浅黒い胸が見える。少しでも体をずらせば彼ののどもとの脈を打っている部分に唇を押しつけることもできそうだった。

だがケイトがそうするより先に、シャルルの力強い腕が彼女の腰に回り、しっかりと抱き寄せた。驚きと恐れとで、ケイトは目を大きく見開いて彼を見上げた。その目の中にあるものを見て、ケイトは思わず息を止めた。

「ケイト」シャルルはかすれた声でささやき、いっそう彼女を強く抱き寄せた。「ケイト」ためらいと絶望のこもったつぶやき。そして彼の唇がケイトの唇に重ねられた。

一瞬の間、ケイトはめくるめくような恍惚《こうこつ》感にさらわれた。その一瞬が過ぎて警戒心が頭をもたげてきたとき、彼の手が首筋をとらえ、唇がいっそう強く彼女を所有した。

再び至福のときがきた。ケイトは本能的な要求に動かされて、手をシャルルのシャツの下にすべり込ませて肌の温かさをいつくしみ、柔らかくカールした胸毛を愛撫した。シャルルの唇からうめき声がもれる。それを聞いてケイトの胸の鼓動は狂ったように速くなった。彼女は頭を後ろにそらした。シャルルの唇が深くくれたネックラインをなぞるように動いていく。

彼の手が背中のファスナーにさわったときも、ケイトは抵抗しなかった。彼の唇が胸の甘く豊かなふくらみを探る。熱い炎がケイトを焼き尽くす。再び唇が重ねられ、胸と胸とが合わさった。

アントワーヌとは決してこんな喜びを味わわなかったことをケイトは知っていた。かわいそうなアントワーヌ！

アントワーヌの名が自分の唇からもれたことにケイトは気づかなかった。シャルルはケイトを押しのけた。怒りに燃えた目が刃物のように彼女を突き刺す。

「アントワーヌ！　僕に抱かれていても君は彼の名を呼ぶのか？」

「いいえ……私……」支えを失って、ケイトはよろよろと木の幹にもたれかかった。「シャルル……」すすり泣くような声でケイトは彼の名を呼び、懇願するように手を差し伸べた。

一瞬前にあれほど情熱的だった目は今では怒りを

たたえ、彼女を狂わせた唇は真一文字に結ばれている。

「僕は代理の恋人になんかなる気はない。たとえアントワーヌのためでも、そんな役割はごめんだ」シャルルはそう言い捨てると、冷たい軽蔑《けいべつ》をこめてケイトの乱れた服装に一瞥をくれた。「車で待っている。今あったことはお互いになるべく早く忘れることにしよう」

そう言うなりシャルルは踵《きびす》を返し、大股で歩き去った。使っていたカメラは切り株の上に置いたままになっていた。まるでケイト自身のように軽蔑され、忘れ去られて。

8

車が家に着くまで、二人は押し黙ったままだった。ケイトは座席にうずくまって窓の外を眺め、横にいる威圧的な男からかたくなに視線をそらしていた。シャルル自身、どうしようもない怒りを抑えつけているようだった。鋭いタイヤの音をたてて角を曲がるやり方や、小石を蹴《け》散《ち》らしながら田舎道を突っきっていく運転の仕方に、それはよく表れていた。

ようやく車ははと小屋《ラ・ピジョニエール》に着いた。エンジンが止まったとき、ケイトは思いきってシャルルの方を見た。彼の横顔は大理石で彫ったように硬くこわばっている。彼はまっすぐ前を見たまま、氷のように冷たい声で言った。

「荷物は台所に運んでおく。マドウが適当に整理するだろう。君は疲れただろうから、部屋に戻って休むといい」

部屋に引っ込んでいろと言わんばかりの口調に、ケイトの内で怒りがこみ上げてきた。実際彼女の今一番したいことは、ベッドに突っ伏して涙にくれることではあったが、そんなことを彼に言うつもりはさらさらなかった。何を言い出すか自分でもわからなかったので、ケイトは黙って車を降りた。ドアを音高く閉めたのがせめてもの意思表示だった。

シャルルの言ったことを無視して、ケイトは食料品の包みを一つ抱えて台所に入っていった。包みを台所のテーブルの上に置いてホールに出てきたちょうどそのとき、シャルルが山のような食料品を抱えて肩で玄関の戸を押し開けて入ってきた。ケイトの姿を認めると、彼は無表情のまま言った。

「言うのを忘れていたけど、今夜出かける用事がある。すまないが一人で食事をしてくれ。マドウが何か作ってくれるだろう」

「ありがとうございます。でも自分の食べるものぐらい自分で作れますから。どちらへお出かけ？　それともこんなことをきくのは野暮かしら？」

「どういう意味だ？」シャルルの目は険しくなった。

「私はただ、あなたがフランソワーズに会いにいくのかなと思っただけよ。家の事情を説明すれば彼女はきっと……理解を示してくれると思うわ。彼女は喜んで身代わりに——あなたは確か、そういう言葉を使ったんだったわね？——なってくれるでしょうよ。きっとこんな機会を逃そうとはしないでしょう」言うだけ言ってから、ケイトは残りの威厳を何とかかき集めて、ゆっくりと階段を上り始めた。

部屋に入るやいなや、ケイトの自制心はすっかり崩れ去り、彼女はベッドに倒れ込んで流せるだけの涙を流した。やがてすっかり疲れ果てて、ケイトはベッドにじっと横たわったまま、レースのカーテンがそよ風にやさしく揺れるのを見ていた。何度か廊下で物音がしたように思い、息を止めて耳を澄ました。シャルルが仲直りをしにきてくれたのではないかという期待に、痛いほど胸を高鳴らせながら。だが高く昇った太陽が傾き始めるまでにケイトが聞いたのは、自分自身の胸の鼓動と、古い家のきしむ音と、そしてはとの鳴き声だけだった。

望みが完全についえたとき、ケイトは体を引きずるようにしてベッドを下り、鏡の前に立って自分の姿をつくづくと眺めた。今朝出ていったときと、帰ってからの私は、同じ娘だとは思えないくらいだ。朝は生気にあふれ希望に満ちていたのに、今では目の縁を赤くし、疲れきった、何者かに取りつかれたような顔をしている。朝は愛の期待に胸をときめかしていたのに、今では突き放され、見捨てられている。

そう、もはや私はそのことを認めないわけにはいかなくなった。これは愛だ。この燃えるような思いと絶望と、嵐のように激しいあこがれとは、愛以外の何物でもない。そしてその愛はすべてシャルルに向けられている。アントワーヌとは何のかかわりもないことだ。

私はあのとき本当にアントワーヌの名を呼んだのだろうか？　そうかもしれない。彼に対する同情と、ロンドンでのあの何の心配もなく楽しかった日々に対する郷愁とから、私は彼の名を口にしたのだろう。それがかえってよかったのかもしれない。あのまま突き進んでいたら私たちは……。ケイトはシャルルの熱い抱擁を思い出しながら、知らず知らず胸に手を当てていた。自分の満たされなかった欲望を振り切るために、ケイトは絶望的なうめき声をあげて鏡の前を離れた。自分を欺いたって何にもならない。私はシャルルを遠ざけてしまったあの小さなアクシデントを一生悔いるだろう。私にはもう機会は与えられないのだから。

ケイトはバスルームに行って着ているものを脱ぎ、シャワーの下に立った。温かい湯が体の痛みを取るように、心の痛みを取る妙薬がどこかにないものだろうか？　三十分後、ケイトは裸で、清潔ないい香りのするシーツにくるまった。眠ることさえ不可能に思われたが、数分もたたないうちに呼吸が深く長くなり、ケイトは悩み多い現実から安らかな忘却へと漂っていった。

目が覚めたときにはもう夕方になっていた。彼女は長い間ベッドに横たわったまま、部屋の中で影が長くなっていくのや、空から黄金色が消えていくのを眺めていた。それから暖かいねぐらから不承不承身を引きはがすと、急いで着替えをして下に下りていった。どこかでドアの開く音がする。期待に胸躍らせて振り返ったケイトの目に、マドウの心配そうな顔が飛び込んできた。

「奥様、お加減はいかがですか」

「大丈夫よ、マドウ。ああ、よく眠ったわ」ケイトはのんきそうにあくびをしてみせた。

「そうですか。奥様はよく眠っているようだから声をかけないでおくとムッシュ・シャルルもおっしゃっていました」

「シャルルが……？」ケイトは顔をそらし、昨日黄色い鉢に生けた花の具合を直すふりをした。「それはいつのこと、マドウ？」

「一時間ばかり前ですわ。お食事のことがきけたかったので、ムッシュ・シャルルにお部屋に上がっていただいたんです」

「私、自分で何か作るつもりだって言っておいたのに。シャルルはそう言っていなかった？」

「そうおっしゃいました、奥様」

「だからあなたはもうお部屋に戻ってもいいわよ、

マドウ。お昼にごちそうをいただいたから、夜はオムレツでも作るわ。プールサイドで食べようかと思っているくらいなの。だから今夜はやすんでちょうだい」

「本当によろしいんですか、奥様」

「もちろんよ。あなたは気を遣いすぎるのよ、マドウ。もっと気楽になさいよ」そう言いながらケイトは、自分にはそんなことを言う資格はないのにと思った。

「わかりましたわ、奥様。ありがとうございます」

「それはそうと、明日のために何か用意しておくことはないかしら？」

「いいえ、奥様、お肉はボフ・アン・ジュレに調理されて届きますから、明日はサラダとデザートを用意すればいいのです。サルラで買っていらっしゃったおいしいチーズが何種類もありますし、いちごも注文してあります。それに明日は妹が手伝いにきてくれることになっていますし、飲み物のほうはジョルジュが引き受けてくれます。ですから奥様、今夜はムッシュ・シャルルのいらっしゃらない静かな夜をお楽しみください。明日は忙しくなりそうですからね」

だが何もすることがないというのもまた困りものだった。トマトと玉ねぎをスライスしてサラダを作り、卵を二個割って熱くしたバターの中に落としてオムレツを作るのに五分とかからなかった。ケイトは皿をコーヒーポットとともに盆に載せ、プールサイドの小さなテーブルまで運んでいった。しかし一人きりの食事は、楽しくも、おいしくもなかった。

行動を起こすときがきたのだ。アントワーヌが迎えにきてくれるのを待ちながら、これ以上ずるずるとこの家にい続けることは、もうできない。彼が来てくれたところでどうにもなるものでもない。もう遅すぎるのだ。もしアントワーヌと会うとしても、ここではなく、どこかずっと離れた別の場所でなければならない。ケイトは心を決めた。パーティーが終わり次第、私はロンドンに帰ろう。私たちのような結婚は簡単に解消することができるとシャルルは言っていた。ロンドンで私は仕事に打ち込み、サヴォネ・モルレ家の人たちと出会ったことをすべて忘れるのだ。

そう決心するといくらか心が軽くなった。台所で片付けをすますと、ケイトはぶらぶらと庭の方に出てみた。ジョルジュの作っている小さなハーブ畑から漂ってくる香りが、他の花や草木の香りと混じり合って流れてくる。私はもううちにある花の香りを区別することができるのだ。うち、ですって？　ケイトは胸に痛みを覚えた。私のうちは、ロンドンでヒラリーと一緒に借りているあのアパートなのだ。夫でもあり、また夫でもなかった人と短い時を過ごした、この美しいフランスのカントリー・ハウスではない。

ケイトはため息をつき、庭を通り抜けて家に戻った。見上げると、マドウのフラットから温かい黄色の光がもれているのが見えた。中であの二人はさぞ幸せなときを過ごしていることだろう。あきらめていた赤ちゃんへの夢をふくらませながら。ケイトはふと耳を澄ました。丘を上ってくる自動車の音が聞こえたような気がしたからだ。胸が苦しいほどに高鳴ってくる。だが車の音は角を曲がり、遠くへ消えていった。

あなたはどうしてそんなにばかなの？　ケイトは自分自身を責めた。けれども答えは返ってこなかった。彼女は自分が立てた将来の計画に気持を集中しようと努めながら、決然とした足取りで家に入っていった。

午後にあれだけ眠ったせいか、ベッドに入っても少しも眠くならない。腕が痛くなり、心臓が胸から飛び出しそうになるほど激しくクロールでプールを往復してもみたが、それとて彼女を少しも疲れさせてはくれなかった。

暗闇《くらやみ》の中で何度も寝返りを打ったあと、ケイトは絶望のうめき声をあげてベッドに起き上がった。眠れないならいっそ起きていて、本でも読もう。彼女は部屋着もはおらず、スリッパもはかずに、そっと階段を下りていった。居間に最新号のアメリカのファッション雑誌があったように思う。

居間のドアを開けてみたケイトは、ふと足を止めた。どこからか光がもれてくるのだ。部屋にあるフロアスタンドではなく、どこかもっと高いところから。シャルルが戻っているのだ。物音には耳を澄ましていたつもりなので、彼が帰ってきているとは思わなかったのだが、どうやらそれは間違いだったらしい。私はいつだって間違ってばかりいるのだ。

ケイトはそっと部屋の中に入り、目当ての雑誌が載っている小さなテーブルに近づいた。中二階の方には意識して目を向けないようにした。彼の姿を一目見ただけで、あれほど苦心して脇《わき》へ押しのけた思いがまたどっと吹き出してくることはわかっていたからだ。だが誘惑には勝てなかった。最後にドアを閉めるとき、ケイトの目は吸い寄せられるように中二階の方へ向けられた。シャッターが下りているので何も見えなかったが、そこには、椅子にもたれてたばこをくゆらしているシャルルの横顔がシルエットになって映っていた。ケイトは急いでドアを閉め、階段を駆け上がってベッドに入り、しばらくの間体を震わせながら横たわっていた。

次の日は一日中忙しく、あとから考えても詳細を思い出せないほどだった。朝ダイニングルームに入っていくのにケイトは気後れを感じたのだが、それは杞憂《きゆう》にすぎなかった。なぜならマドウとシャルルは一日の計画を相談し合うのに忙しく、ケイトが部屋に入ってきたときもちらりと顔を上げただけだったからだ。ケイトはほっとしたが、同時に、ピンクリネンのスポーティーなスカートに、白の入ったチェックのブラウスという自分の装いにシャルルがほとんど目をとめなかったことにかすかな失望を覚えた。

「よく眠れた?」マドウが席を外したとき、シャルルが探るような目を向けた。

「ええ」嘘《うそ》があまりにもすらすら口をついて出たことで、ケイトの頬は赤く染まった。彼女はコーヒーカップを両手で持ちながら「あなたは?」ときいた。

「僕はいつでもよく眠りますよ」

夜中の一時半にたばこを吸ってたじゃないのとは言わずに、ケイトは黙っていた。シャルルはすぐにその日一日の予定について説明を始めた。

「まず最初にテラスで飲み物を出す。食事はここだよ、ケイト」彼は広いダイニングルームを手で示した。「そのあたりは君とマドウに任せるよ。マドウはとてもてきぱきした人だから、わからないことは何でも教えてくれるだろう。君には花を生けてほしいな。君の生けた花はいつも特別きれいに見える。そしてたぶん、今夜はちょっとばかり特別な夜と言えるだろうからね」シャルルが皮肉を言っているのかどうかは表情からは測りかねた。彼がすぐに顔をそらしたからだ。部屋を出ようとしたシャルルはふと足を止め、振り向いた。「ところで、君の髪がふつうに戻ってよかったよ」彼はそう言い残し、後ろ手にドアを閉めて出ていった。

ケイトはサイドボードの上に置いてある鏡のところに駆け寄った。震える手で、肩にかかる絹のような金茶色の髪にさわってみる。昨晩泳いだあと、シャンプーして、コンディショニングをして、ブロウをするのに長い時間をかけたのも無駄ではなかった。別にシャルルの関心を引こうというのではない。私のしたいことはただ、今夜のパーティーに来るフランソワーズの顔から、あの優越感に満ちたほほえみを消し去ることだけだ。ステージ・ショーのピエロ役のように、強い印象を残して舞台から消え去るのだ。

それからあとは鏡を見る時間も、自分がシャルルの友人たちに与える印象について考える時間も、ケイトにはなかった。台所でマドウと妹のアントワネットの手伝いをしたり、プールのまわりにカラーライトを飾るジョルジュにアドバイスをしたり、ホールと主だった部屋に生けるために庭から花をたくさん取ってきて、たっぷりの水につけて水揚げをしたり、するべき仕事は山ほどあった。

時間は飛ぶように過ぎていき、もうすぐ客が来るというのにあれもこれもできていないので全員がパニック状態になるという一幕もあった。やがてすべての準備が整い、台所で紅茶と、アントワネットが手早く作ってくれたサンドイッチでひと休みする余裕まで生まれた。

「ああ、お腹《なか》がすいた。サンドイッチ、とってもおいしいわ、アントワネット」

ケイトは台所のドアにもたれて紅茶を飲んでいる背の高い男の方をなるべく見ないようにして言った。

「僕らは皆腹ぺこだよ。スープとチーズで昼飯をすませたのがずいぶん前のような気がする。それにこんなに働いたのも久し振りだしね」

ケイトは立ち上がって自分の皿とカップを洗った。それから部屋へ引き上げようとして向きを変えたとたん、そこに立っていたシャルルとぶつかりそうになった。シャルルはケイトのウエストを軽くつかんで、ぐるぐると回した。倒れそうになって、ケイトはあわてて彼の肩にしがみついた。

「今日は好きなだけ食べていいよ。だけど花嫁がまるで飢えた子供みたいにがつがつ食べるのを見たら、お客さんたちはびっくりするだろうな」

マドウが通訳したので、他の二人から笑い声があがった。

「でも正確に言うと私は花嫁じゃないわ。そうでしょ？」ケイトは夫に向かってほほえみかけると、彼の手をそっと外した。「行かなきゃ、支度が遅れてしまうわ」

ケイトは、シャルルがドアを押さえてくれているのも知っていたし、彼が後ろについてホールまで来たのも知っていた。古い銅の水差しいっぱいに生けたひえんそうの前に少し立ち止まってから、階段を上り始めた自分をシャルルが後ろからじっと見ているのも意識していた。

「ケイト」シャルルの声の中の何かが、ケイトをたじろがせた。彼女は無言で振り返り、夫を見下ろした。菫色《すみれいろ》の目は抑えることのできない熱情に翳《かげ》っている。ケイトは待った。シャルルが再び口を開くまでの間がひどく長く感じられた。やがて彼は肩をすくめ、かすかなほほえみとともに「いや、何でもない」と言った。

「あなたが言おうとしたことは、今夜私が着る服のことじゃないの？」ケイトは初めて自分がイニシアチブを取ったことを感じていた。からかうような笑みを浮かべた唇に、シャルルの視線が注がれた。

「君は何て察しがいいんだろう、ケイト。長年連れ添った妻のように、夫が何を望んでいるかがわかるなんて」シャルルは、ケイトの頬に赤みがさすのを見てほほえんだ。「そのようなことを言おうとしたんだが、君は僕の望みをよくわかってくれているようだから、言う必要はなさそうだね」

自分のものではない何か別の力に引かれて、ケイトは前かがみになり、手でシャルルの頬をさわった。

「それじゃ、お返しに私のほうから一つお願いしていい？　どうぞひげをそってくださいな。針の山みたいな顔をした男の人とダンスをするのはいやですもの！」それだけ言うと、ケイトはもうシャルルの方を振り返りもせず、一気に階段を駆け上がった。シャルルの低く小さな笑い声が後を追ってきた。

だが次に会ったときは、二人とも冗談を言う余裕などなかった。お互いに相手の存在を意識しすぎていたからだ。

ゆっくりと階段を下りていきながら、ケイトは自分が今、人生を演じているのだと思っていた。一生涯忘れられないショーを演じるのだ。そのためにケイトはスターのように念入りにドレスアップしたのだった。

そのドレスは初め、金持のアメリカ人のためにクルーがデザインしたのだが、その客がキャンセルしたために、ケイトが譲り受けることになったものだった。襟もとが円いヨークになっていて、ルビー色や金や黒のビーズが一面にちりばめてある。ヨークからかかとまではプリーツが流れており、歩くたびにその柔らかな生地がさやさやと揺れた。ペイルピンクがケイトのはちみつ色の肌に輝きを与えている。

こんなにていねいに身づくろいしたのは生まれて初めてだった。輝く髪はさりげなくうなじの上でまとめられ、二つ三つこぼれたカールが卵形の顔をふわりと取り囲んでいる。ソフトなグレーのアイシャドウがまぶたを染め、唇には薄いピンクの口紅がさされた。

手首には金色にきらめくブレスレットをはめ、ほっそりした足には可能な限り高い金色のハイヒールをはいた。階段を下りようとして、ケイトははっと息をのんだ。シャルルが彼女を出迎えようと前に進んでくるのが見えたからだ。

二人は向き合い、じっとお互いを見つめ合った。シャルルはケイトの手を取り、それに短く口づけをすると、ひげをそったばかりのなめらかな頬に押し当てた。「君が僕を喜ばせてくれたその半分でも、僕が君を喜ばせてあげられたらいいんだが」

それから二人の間を沈黙が支配した。ケイトはシャルルの顔から目をそらさなかったが、彼の上背のあるしなやかな体に、黒い光沢のあるディナージャケットと、フリルのついた真っ白なワイシャツがぴったり合っていることを充分に意識していた。

「一緒においで、ケイト。君にあげるものがあるんだ」シャルルはケイトの手を引っ張って、ホールから短い廊下でつながっている小さな書斎に連れていった。その性急さは、そろそろ客たちのやってくる時間だということとは必ずしも関係なさそうだった。

シャルルは窓際に置いてある小さなアンティークの机の引き出しを開け、小さな箱を取り出した。そしてケイトの方に向き直ると、小箱を持った手を差し出した。

「これは何?」何であれ、決して受け取るまいとケイトは決心していた。この人とこれ以上深くかかわる権利は私にはないのだ。箱の中身が何であろうと、それは私が決めたことをつらぬき通すのを、より困難にするだけに違いない。

「開けてごらん、ケイト」シャルルの声は低く、温かく、説得力に満ちていたので、ケイトは何も考えずに青いレザー張りのふたをとめてあるボタンを押した。

中の指輪は、本物のサファイアだけが持つ輝きを放っていた。「何て美しいんでしょう!」受け取ってはならないことがわかっていながら、ケイトは賞賛の言葉をもらさずにはいられなかった。

「それじゃこれを君の指にはめさせてくれ」シャルルは箱に手を伸ばし、同時にケイトの手をとらえた。

「だめよ」彼女はしっかりと手を握りしめ、訴えるような目でシャルルを見た。

「いいや、はめなきゃだめだ、ケイト」シャルルにもケイトの緊張感が伝わったようだ。「妻が婚約指輪をはめるのは当たり前のことだよ。ぜひはめてくれ」

シャルルは今では無抵抗になったケイトの手をやさしく広げた。一週間前からシンプルな金の指輪がはめられている指に、サファイアの指輪がすべり込んでいく。それからシャルルはその手を唇に持っていき、口づけをした。ケイトは思わず体を震わせた。

「君の瞳の色と完璧《かんぺき》にマッチしている」

言葉とはうらはらに、シャルルの関心はその高価な宝石には向けられていなかった。

9

それからあとはもう何を考える時間もなかった。客たちが次々に到着し始めたからだ。

シャルルの友達は皆、裕福で、ジェット機で世界中を飛び回っているような人たちばかりのようだ。皆、シャルル自身と同じくらい流暢《りゅうちょう》な英語を話す。

ケイトは次々に、美しくエレガントな夫人を伴った紳士たちに紹介された。彼らの会話には、ラゴスやリアド、アルジェにテヘラン、ニューヨーク、香港といった地名がどんどん出てくるのだった。

「今度はあなたのことを教えてください、ケイト」

クロードという名の、背の低い色の黒い男性が言った。「シャルルが奥さんを見つけたと聞いたときも驚いたが、あなたにお会いしてもっと驚きましたよ。こちらのほうはうれしい驚きでしたが。わたしは何となく、全く違った感じの人を想像していたものだから。どうしてだろうね、リーズ」彼は小柄な、明るい髪をした妻の方を振り向いた。

リーズは肩をすくめ、ケイトにほほえみかけた。

「わからないけど、フランソワーズの話から、間違った印象を受けたんだと思うわ」

女たちは目顔でうなずき合った。そのときシャルルがそばに来てくれたので、ケイトはほっとした。

「君がどうしてこんなに長い間ケイトのことを内緒にしていたのかと話してたんだよ。水くさいじゃないか」クロードが言った。

「隠しておきたかったからさ」シャルルが平気な顔で答える。

「だけど、あなたたちはどこで出会ったの？　フランス？　それともロンドン？」一人の女性がきいた。

「フランスだ。少しばかりこみ入った話でね。いつの日かすべての事情を話したいとは思っているが、今のところは自分たちだけの秘密にしておきたいんだよ」

「何だかとてもロマンチックなお話のようね」

「そうなんです。私たちの出会いは思いがけなくて、そしてとってもロマンチックだったんですよ」ケイトは自分も会話に参加しなければと思い、口をはさんだ。そしてほほえみながらシャルルを見上げたが、彼の真剣なまなざしに見つめられてどぎまぎしてしまった。そのとき少し年配の客たちが新しく到着したので、二人はプールサイドにいたグループから離れて彼らを出迎えにいった。

シャルルはその人たちが誰であるのかをていねいに一人一人説明していった。英語をしゃべる人が一人もいなかったので、ケイトはマドウから聞き覚えた少しばかりのフランス語を使って、たどたどしく話をした。だがそうした努力は年配の人にはたいそう好ましく映ったようだった。昔ながらの礼装をした彼らは、最新流行のスタイルをしている若い人たちの集団に対して少し気後れを感じているようだ。そんな事情があったのでケイトはいっそう彼らにやさしくしたいと思った。シャルルも同じ考えらしく喜んで通訳を買って出てくれる。しばらく彼らとフランス語で話したあと、シャルルはケイトに向かって今の会話の内容を説明した。

「君のことをとても誉《ほ》めていたよ。なぜ僕がイギリス女性を選んだかが納得できたそうだ」

「まあ……」ケイトは赤くなった。「ありがとうございます《メルシ・メダム・ゼ・メッシュ》。私もフランス人の夫にたいそう満足しております《モワ・オッシ・ジュ・スイ・トレ・コンタント・アベック・モン・フランセ》」

「ブラボー！」皆がいっせいに拍手した。

　ムッシュ・ド・ワレンと呼ばれる男性が、シャンペングラスを高く持ち上げて言った。「ご健康と、末長い幸せを祈ります、マダム。そしてシャルル」

　客たちは次から次に到着し、間もなくプールサイドのテラスは笑ったり、しゃべったりしている人々でいっぱいになった。フランソワーズが中年の小粋な紳士と連れ立ってやってきたのは、もうほとんどの客が到着したあとのことだった。

　フランソワーズが居間に入ってくるのに気づいたので、ケイトは歓迎のほほえみを浮かべて歩み寄った。しかしフランソワーズはケイトに気づかなかった。目が合っても、何の反応も示さない。彼女はすぐに横に立っているシャルルの方に視線を移した。

「シャルル！」うれしそうな声をあげてつま先立ち、頬にキスをする。それからシャルルの手がケイトの肘に当てられているのに気づいて、不審そうにケイトの顔を見る。だがそれでもまだフランソワーズはぽかんとしていた。再び二人を見比べ、ようやく理解した彼女の顔に、怒りの色が浮かんだ。けれどもすぐにそれはほほえみでごまかされた。「ケイト、何て今夜はすてきに見えるんでしょう！」

「あなたもよ、フランソワーズ。すばらしいドレスじゃない！」少なくともこれは本当のことだとケイトは思った。

　フランソワーズは膝のところまでスリットの入った金色のラメの中国服を見下ろした。「ありがとう。これ、何カ月か前に香港で作らせたものなの」それから彼女はシャルルとおしゃべりをしている同伴の紳士に声をかけた。「エミール、こちらがサヴォネ・モルレの奥様よ」

　ケイトはフランソワーズの言葉に冷笑が含まれているのを感じてむっとしたが、それでもその背の低い、がっちりとした体つきの紳士の方に手を差し出した。

「どうぞよろしく《アンシャンテ》、マダム。あなたはわたしの考えていたようなご婦人ではありませんでした」紳士の英語にはひどく訛《なまり》があったので、たいそう聞きづらかった。彼はフランソワーズの方をほほえみながら振り返った。「君の話から、僕は全然違ったタイプを想像してたんだ」

　フランソワーズは肩をすくめ、目をそらして、客たちの間に知った顔を探し始めた。ケイトとシャルルは顔を見合わせた。シャルルの目には笑いが浮かんでいる。髪にオイルをべたべた塗り、古いジーンズをはいていたケイトの姿を思い出しているようだ。シャルルと同じことを考えていたのだという思いが、ケイトの心をぱっと明るくした。

　話し声と笑い声のにぎやかさから判断して、パーティーは大成功のようだった。ケイトは絶えず客と客との間を歩き回っていたが、シャルルがそばにいてくれないときは心からリラックスできなかった。だが彼の手が肩に回り、二人が絵に描いたように完《かん》璧《ぺき》な愛情あふれる夫婦像を演じるとき、すべての不安は消え去っていくのだった。シャルルはそのことを察しているのか、めったにケイトのそばを離れようとはせず、忠実な夫の役を見事にこなしていた。

食事もまた完璧だった。ピンク色に薄くスライスされたボフ・アン・ジュレは口に入れるととろけてしまいそうだったし、いろいろな種類のおいしいサラダはどれを選んだらいいか迷うほどだった。ケイトは客たちに料理が行き渡っているかを配慮するのに忙しく、自分自身が空腹であることはすっかり忘れていた。しばらくしてシャルルが皿に肉と数種類のサラダを盛ってそばにやってきた。

「疲れただろう。おいで、静かに食事できる場所があるから」

「でもあの人たちは……お客さんたちは、あなたにいてほしいんじゃない？」

「今のところ皆、楽しくやってるようだから大丈夫だ。友達どうし楽しそうに話をしているし、食べ物や酒も行き渡っている。それに君はまだシャンペンも飲んでいないんだろう。さあ、おいで」シャルルは片手に皿を持ち、もう一方の手でケイトを引っ張って、ホールの隅にある窓際の席に連れていった。

前もって準備したらしく、テーブルの上には背の高いグラスが二つと、シャンペンのびんが入った氷入りのバケツが置かれている。ケイトは静かに腰を下ろして、シャルルがコルク栓を抜き、栓立つ液体を二つのグラスに注ぐのを見ていた。

「君のために、ケイト」彼は立ったままグラスを上げた。

「あなたのために、シャルル」ケイトの声は低く、悲しみがこもっていた。泣きたい気持を抑えて、彼女はグラスに口をつけた。シャルルが横に座り、ナプキンを膝の上に広げてくれた。

「これでいい」

一時的に感情的になったケイトに比べ、シャルルはしごく冷静だった。彼はグラスを空にし、もう一度ボトルに手を伸ばした。ケイトも彼に見習ってお代わりをした。シャンペンが体中に行き渡るにつれ、気持も明るくなるのがうれしい。

食事の間、二人はほとんどしゃべらなかった。だがそれは気づまりではない、親しみのこもった沈黙で、二人はパーティーの合間にちょっと休んでいるごく当たり前の夫婦、といった感じだった。メインコースが終わるとシャルルは皿を下げ、しばらくして二つの大きなゴブレットに入ったいちごと、いろいろな種類のチーズを盛り合わせた皿を持ってきた。

「今夜はイギリス式に果物をまず食べようかな。それから一緒にチーズを食べよう」

シャルルはいちごを食べ終わったあと、おそらくどんな夫もするように、チーズの一番おいしそうなところを切り分け、フォークに載せて妻の方に差し出した。ケイトは彼に対する情熱の炎が静まったことにほっとしていた。シャルルもまた、昨日二人が味わったような、激しい、破壊的な感情のたかぶりにケイトを誘い込むようなことはしなかった。しばらくの間、ケイトは軽い会話を交わしながら、シャルルのそばにいることの静かな喜びと甘く切ない気持とを味わっていた。ここを去ったあとも、私はこの楽しかった夕べのことをいつまでも懐かしく思い出すことだろう。

食事が終わるとシャルルはケイトの手を取って椅子から助け起こした。彼もまた一時的に過ぎ去るとわかっている二人きりの時間を楽しんだように見える。

「さて、仕事に戻る時間だ」シャルルがいたずらっぽく笑った。

二人は客たちのところに戻り、一緒にコーヒーを飲んだ。それから皆は居間に引き上げた。ダンスがしやすいように居間のカーペットは取り除かれ、つるつるの木の床がむきだしになっている。隅に置かれた大きなステレオからはソフトミュージックが流れてくる。たいていは昔風の静かで甘い曲ばかりだったが、中にはレゲエの曲もいくつか混じっていた。「踊ろうか？」シャルルはケイトのウエストに手をかけて言った。「僕たちが踊らなければ他のみんなも踊れないからね」

シャルルの表情は変わっていた。ほほえみはどこかに消え去り、黒い目には何か警告めいたものがちらついている。二人がダンスフロアに進み出ようとしたとき、誰かが金属の盆を打ち鳴らした。ざわついていた室内が一瞬静まり返った。

ムッシュ・ド・ワレンが部屋の真ん中に立っている。何かお祝いのスピーチをするつもりらしい。ケイトは立ったまま客たちの顔を見回した。スピーチの内容は少しもわからなかったが、皆が笑うのを見てケイトは頬を染めた。フランソワーズだけは笑わず、怒りとジェラシーのこもった目をこちらに向けている。ケイトは思わず身震いした。

「落ち着いて、愛しい人《シェリ》」耳もとでシャルルがささやいた。ケイトが感謝をこめて彼の方を見上げたとき、ちょうどスピーチが終わった。

ジョルジュが銀の盆の上にグラスを二つ載せてやってくる。ケイトはグラスを取り、シャルルが短いお礼の挨拶《あいさつ》をするのを聞いていた。やがて乾杯が始まった。

「君のために、ケイト」シャルルがささやく。ケイトの目にふいに涙があふれた。シャルルはポケットからハンカチを出して涙をぬぐってくれた。周囲から笑い声と拍手とが湧《わ》き上がった。そのとき急にステレオのボリュームが上がって、うっとりするようなワルツの曲が部屋いっぱいに流れ始めた。ケイトはワインを一口飲み、それから誘われるままにシャルルとともにダンスフロアに出ていった。

まるで今までに何百回も一緒に踊ったことがあるかのように、二人の呼吸はぴったりと合った。他の人たちがフロアに出てきたことにも気づかなかった。抱き合い、頬と頬を寄せ、音楽に合わせて体を動かしていると、二人だけで別世界に迷い込んでいくような気がする。鼻をくすぐる彼のコロンの匂いは、いつものように胸をときめかす。ケイトは目を伏せ、シャルルの肩に頭をもたせかけた。しばらくして音楽はもう少しリズミカルでにぎやかなものに変わった。ケイトの目が星のように輝く。二人は顔を見合わせ、しなやかな野生の猫のようにくるくると回り、そしてまたお互いのところに戻り、お互いの目を求め合うのだった。

それはあまりにも官能的で挑発的なダンスだったので、途中でクロードが花嫁さんと踊らせてくれと言ってきたのはかえってよかったのかもしれなかった。シャルルもリーズの熱心な手に引っ張られていった。そのあとケイトは次から次へと申し込みを受けて、たくさんの男性とダンスをした。シャルルは年配の女性たちと主に踊っていた。若い女性たちなら相手に不足しないだろうと考えてのことだろう。

だがそれもフランソワーズと踊るまでのことだった！　シャルルは他のどの人とよりも長くフランソワーズと踊っている。なるべく見ないようにはしていたが、ケイトにはそう思われて仕方がなかった。シャルルはフランソワーズの話をよく聞こうとして頭をかがめているし、彼女のほうは上気した顔を訴えかけるように彼の方に向けている。そのときケイトはふとフランソワーズの連れの紳士が一人ぽつねんと座っていることに気がついて、彼の方に歩み寄った。

「ダンスはなさらないのですか？」

「好きなんですがね。だが残念なことにわたしにはリズム感がないんです――少なくともフランソワーズはそう言います。要するに、マダム・サヴォネ・モルレ、わたしは若いころダンスを習っている暇がなかったんですよ。貧しかったし、世の中に出ていこうとして必死でしたからね。今になって始めようと思っても遅すぎるようです」

「もちろん、そんなことはありませんわ」ケイトは今の自分と同様、この集団の中で自分を場違いな人間だと感じているらしいこの男に同情心を持った。

「この曲で試してみられてはどうですか？」ケイトは首をかしげ、指を一本立ててリズムを取った。「音楽に合わせてただ体を動かしていればいいんですよ。誰も気がつきませんわ」

「なるほど。おつき合いくださるならひとつやってみましょうか、マダム」紳士はにっこりと笑った。

だが、二人がダンスフロアに出ていこうとしたとき、フランソワーズが行く手をふさぐようにして前に立った。どうやらシャルルが別の人と踊り始めたので不機嫌になっているようだ。彼女は視線をゆっくりとケイトの顔からエミールの方へと移した。

「そろそろ帰りましょう、エミール。もう遅いし、私、疲れたから。すてきなパーティーをありがとう、マダム」

「どういたしまして。来ていただいてうれしかったわ」ケイトはフランソワーズの無礼さに気づかないふりをした。

「それでは、さようなら《オ・ルボワール》、マダム」エミールはケイトの手を取っておじぎをした。「わたしたちのダンスは残念ですがまた次回に回しましょう。たぶんあなたのためには、そのほうがよかったと思いますよ！」

その後、客たちはぼつぼつと帰り始め、最後まで残っていたクロードとリーズ夫妻もおやすみを言って帰っていった。

ケイトは台所に入っていった。さぞ散らかっているだろうと思いきや、意外なことに、台所はいつもと同じくらいすっきりと片付いていた。皿やグラスは洗って食器棚にしまわれているし、調理台もぴかぴかに磨かれている。最後に残ったグラス類を洗っていたジョルジュがこちらを向いてにっこりと笑った。

「まあ、ジョルジュ、ありがとう」ケイトは後について入ってきたシャルルの方を振り返った。「ジョルジュに私がとても感謝しているって伝えてくださる？　それに明日は来なくてもいいって言ってくださいな。一日中働いてもらったんですもの、少し休んでもらわなくては。私が家を片付けるし、食事も作るわ」

「本当？」シャルルが目を細めてきいた。ケイトがうなずいたので、シャルルはジョルジュにフランス語でそう説明したようだった。うれしそうに礼を言うジョルジュにおやすみを言って、ケイトは台所を出た。居間からは、まだ音楽が流れてきている。ケイトは引き寄せられるようにそちらの方へ歩いていった。

窓際にたたずんでいると、木の床の上に足音が聞こえた。「これ、どうやって消せばいいの？」話題が見つかったことにほっとしながら、ケイトはステレオを指さしてきいた。

「しばらくそのままにしておこう。こっちへ来てお座り。疲れただろう、ケイト」

不承不承か、進んでか、自分でもわからぬまま、彼女は部屋の中ほどまで歩いていった。意識して彼の方を見ないようにしていたが、とうとう逆らえない何かを感じて、ケイトは彼の方に目を向けた。シャルルの顔には奇妙な表情が浮かんでいる。笑っているのではないが、穏やかで、やさしい表情だ。彼はケイトの手を取って椅子に導いた。

だが座る代わりに、シャルルはケイトの手を自分の胸の上に持っていき、もう片方の手で彼女の腰を抱いた。二人の足は音楽に合わせてゆるやかに動き始めた。ケイトはシャルルの顔を見上げたまま、自分がいかに彼を愛しているかということだけを考えていた。昨日、彼が軽蔑《けいべつ》をこめて自分を突き放したことも、できるだけ早く彼のもとを去るのだと決心したことも、すべて忘れてしまっていた。

二人はいつの間にかダンスをやめ、しっかりと抱き合ったまま、そこにたたずんでいた。ケイトの心の中にはただ一つの思いしかなかった。警戒心も慎みも、自己防衛本能さえもどこかへ消え去った。彼女は自分の本能にだけ従った。

最初、ケイトが震える唇を彼の唇に重ねたとき、しばらくは何の反応もなかった。ケイトは目を閉じ、彼の名をつぶやき、指で彼の首の後ろをなでた。そして、二人の間でくすぶり続けてきた情熱がいちどきに爆発した。シャルルの唇が激しく狂おしくケイトの唇をふさぎ、手が体中を愛撫《あいぶ》した。

「ケイト！　僕のケイト！」

彼の唇にのぼると名前すらもが一つの愛撫になり、ケイトの体に甘い苦しみを与えた。彼女はかすかなうめき声をあげた。

「ケイト？」シャルルはケイトの顔を手ではさみ、じっと目を見つめた。彼が一つの問いを投げかけ、その答えを目の中に探ろうとしていることは明らかだった。ケイトは誘うように柔らかな唇を開いた。シャルルはかすかに誇らかな笑いをもらし、ケイトを抱き上げて、自信にあふれた足取りで部屋を出ていったのだった。

10

ケイトは月光に照らされたベッドルームで、横に寝ているシャルルの規則正しい、安らかな寝息を聞いていた。心からの喜びと満足感とを覚えて、彼女は体の向きを変え、横たわったままシャルルの寝顔を眺めた。眠っている彼の顔はたいそう安らいでみえる。濃い色の髪が乱れて額に落ちかかっているのもたまらなく愛《いと》しく思えて、ケイトは体を起こし、彼の閉じたまぶたにそっと口づけをした。

「ケイト」シャルルはつぶやいて目を開け、眠たそうに微笑した。「ケイト」彼の手が伸び、ケイトの頬をなで、その手が喉から胸にすべり下りた。それから再びシャルルは眠りに落ちていった。

ケイトはシャルルの浅黒く日焼けした胸が規則正しく上下するのを見ていた。手を伸ばしてカールした柔らかい胸毛にさわりたい衝動を覚えたが、彼の眠りを妨げてはならないと思って我慢した。昨晩自分に、そして彼にもたらされた信じられないほどの喜びのことを思うと、あまりの幸せに、ふと涙がこぼれそうになる。

二人が一緒になることに、ケイトはもう何のためらいもなかった。二人を包み込む愛の炎は激しかったが、ケイトに経験がないことを考慮してか、シャルルはとてもやさしく扱ってくれた。

ケイトはため息をつき、目を閉じて眠りの世界へと漂っていった。そして彼女は夢を見た。もはやそれは怖い夢ではなかった。彼女の方へ向かって歩いてくるのは知らない人ではなく、紛れもない夫なのだった。

今度目が覚めたとき、部屋には太陽の光がいっぱいに射《さ》し込んでいた。ケイトは満足げなため息をつき、寝返りを打ってシャルルのいるところへ手を伸ばした。そこに誰もいないことに気づいたとき、彼女はショックを受けた。何か悪いことでも起こったのではないかと、胸が早鐘のように打ち始めた。

まさか、まさかあれが全部夢だったというのでは？　ケイトははっとして起き上がった。そして自分が裸であることに気づいて頬を赤く染めた。それと同時に彼女は昨晩のドレスが床の上に脱ぎ捨てられているのを見た。

ケイトの顔はますます赤くなった。ドアの方に目を移すと、椅子の背にシャルルの黒いディナージャケットがかけられ、その横に真っ白なシャツが無造作に置かれているのが目に入る。それではやはりあれは夢ではなかったのだ。ケイトの胸騒ぎはおさまり、彼女は満足して再び横になった。

だがそのときケイトは自分たちが家の片付けをしなくてはならないことを思い出した。それに少しの間だってシャルルと離れていたくない。彼女は起き上がり、朝食を作る前にプールでひと泳ぎしようと心を決めた。それから二人で居間の片付けを始めればいい。ケイトは再びほほえんだ。実を言えば私はシャルルに、新しい別の水着を見せたいのだ……。

その水着は高い代金を払っただけの値打ちはあるとケイトはひとり悦に入った。それはたいそうシンプルで、たいそう挑発的な水着だった。その華やかで刺激的な菫色《すみれいろ》はケイトの目の色にぴったりマッチしている。黒いつば広のストローハットをかぶり、サングラスをかけてケイトは階段を駆け下りていった。

はだしで居間を横切り、テラスに出て、今すぐに会いたいただ一人の男の姿を捜す。日射しはすでに強くなってきている。ケイトは熱くなった敷石の上をゆっくりと歩いていき、透き通ったブルーの水を見下ろした。それからしゃがみ込んで、片手で水にさわってみる。

さざ波はすぐに静まった。そしてそのときケイトは水の上に自分以外の人の影が映るのを見た。彼女は立ち上がり、ゆっくりと、恥ずかしそうに夫の方を振り返った。彼は薄色のズボンにクリーム色のシルクのシャツをボタンを外して着ていた。たくし上げた袖からたくましい腕がのぞいている。彼の髪がぬれているのを見てケイトはがっかりした。

「ケイト」シャルルの目はケイトの上気した頬から肩にふわりとたらした金茶色の髪に、そしてむきだしの肩にと移った。彼の堅い口もとがほころんだ。

「ケイト」彼はもう一度言った。

「あなたも泳ぐんじゃないかなと思ったの。だけどあなたはもう泳いだあとのようね？」

「いいや、シャワーを浴びただけだよ。三十分ほど前に起きたんだ」シャルルはさらにほほえみを深くし、それからつと手を伸ばしてケイトの顔からサングラスを取った。「僕はいつも君の目を見ていたいんだよ。前にも言っただろう、ケイト、マイ・スイート。それから君と泳ぐ件に関しちゃ、それは抵抗し難い誘惑だと思うね。君に関するすべてが、今朝の僕には抵抗し難い誘惑なんだよ。抵抗し難いと言うより、抵抗不可能と言ったほうが当たっている。二分で着替えてくるから待っていてくれ……」シャルルはにっこり笑って、家の中へ入っていった。

ケイトは愛と喜びと、朝のこんな時間から感じるとは思わなかった様々な感情とに浸りながら、デッキチェアに座っていた。しかし考えにふける時間はほとんどなかった。約束の二分がたつかたたないうちにシャルルが戻ってきて、持ってきたタオルをぽんとケイトの肩に載せたからだ。

「タオルを持ってくるのを忘れただろう、愛しい人《シェリ》。

僕に対する愛で頭がぼうっとなっていたから、そこまで気が回らなかった、と思いたいな」シャルルは言葉を切り、熱心にケイトの顔を見つめた。彼は返事を待っているのだということにケイトは気がついた。

「私は……」ケイトの声は少し震えた。彼の探るような目に見つめられて、ケイトは再び臆病《おくびょう》になった。「シャルル……」

「ウイ、シェリ?」やさしく、うながすような声。

「私……」

だがケイトがその先を言おうとしたとき、家の角を曲がるハイヒールの靴音が音高く聞こえてきた。ざわざわした話し声もする。邪魔が入ったことを残念に思いながら、二人は音のする方を振り返った。

ペイルグリーンの麻のスーツ、きれいにカールしたブロンドの髪。いつものように完璧《かんぺき》なおしゃれをしたフランソワーズがこちらへ向かって歩いてくる。彼女はケイトとシャルルが寄り添って立っているのを一瞥《いちべつ》し、奇妙に満足げな薄笑いを浮かべた。それから彼女は後ろからついてきた背の高い人影の方を振り返った。ケイトはその男が自分を食い入るように見つめながらこちらへ歩いてくるのを見た。その男が呼んだのは、まさしく彼女の名前だったのである。

目の前の光景は、スローモーションのように展開した。ケイトは自分が息をのむ音を聞き、脚ががくがくと震え出すのを感じた。アントワーヌは手を広げながらこちらへ歩いてくる。だがケイトには、彼が走っても走っても自分に近づけないような気がした。彼の後ろでフランソワーズがほほえんでいる。シャルルにはやさしく、ケイトには勝ち誇ったように。

シャルルはケイトの腕にそっとふれて、そばの椅子に座るようにうながした。ケイトは絶望的に、アントワーヌのハンサムでチャーミングな顔を見上げた。彼が手を取って、それに口づけするのを、ケイトは半ば無意識の状態で見ていた。すすり泣きが聞こえたが、それが自分自身のものなのか、アントワーヌのものなのか、はっきりとはわからなかった。

「ケイト！ ケイト、マイ・ダーリン！」アントワーヌの声は震え、目には涙が浮かんでいる。

「本当、驚いちゃったわ」フランソワーズの声がかん高く響いた。「昨日の晩、エミールをホテルに送って帰る途中、誰かが道端で故障した車相手に四苦八苦してるじゃない。もちろん、私には一目でアントワーヌだとわかったから、すぐ車を止めたの。私ね……」

「少し静かにしてくれ、フランソワーズ！」シャルルはそう言ってから、いとこの方に向き直った。

「何の用だ、アントワーヌ」

アントワーヌのあっけに取られた顔は、他の状況の下で見ればさぞこっけいなものだったに違いない。だが誰一人として笑う者はいなかった。

「何の用かだって？ 他にいったい何の用があると言うんだ、シャルル。ケイトを連れにきたんだ。僕の妻をだよ」

アントワーヌはケイトの手を引っ張って立ち上がらせようとした。ケイトは彼の目を見つめながら、ぼんやりと、どうして私はアントワーヌとシャルルが似てると思ったりしたのだろうと考えていた。二人とも黒い髪に黒い目だ。けれどもアントワーヌはひ弱で、子供っぽい。彼が年上のいとこのような強さとたくましさを身につけることはとうてい不可能なことのように思われた。こうして二人を並べてみると、アントワーヌはいかにも頼りなく、大人になりきっていないような印象を与える。ケイトは今、自分の置かれている状況を理解しようとして、必死に頭を働かせた。そのとき突然、天と地がぐるぐると回り始めた。

シャルルの叫び声がする。意識を失う前にケイトは、シャルルがアントワーヌを押しのけ、自分のそばに駆け寄ってくるのを見た。シャルルの力強い腕がケイトを抱き上げる。ちょうどゆうべのように。

どのくらいの間意識を失っていたのかはわからない。気がついたとき、ケイトは自分の部屋の、自分のベッドに横たわっていた。誰かがぬれたタオルを額に当ててくれている。ケイトは目を開けた。部屋の天井がぐらぐらと揺れたが、しばらくして動かなくなった。フランソワーズの心のこもらない声が聞こえてきた。

「具合はいかが、ケイト」緑色の影が揺れ、やがてケイトの嫌いな女性の姿がはっきりと浮かび上がった。

「もう大丈夫」すらすらと嘘《うそ》が口をついて出たが、浮かんできた涙を隠すためにケイトは急いで横を向いた。

「それはよかったわ」フランソワーズは満足そうに言った。「気の毒だけどケイト、あなたはアントワーヌとシャルルに利用されたみたいね」彼女はベッドの端に腰かけ、部屋中をじろじろと眺め回した。

ケイトは、シャルルの服が何げなくそこに脱ぎ捨てられていたことを思い出して赤くなった。ピンクのドレスを片付ける時間があっただけよかった。

「私は利用されたなんて思っていないわ」ケイトはベッドの上に起き上がり、水着の上に部屋着をはおった。

「あなた、サヴォネ・モルレ家の人たちを知らないからよ」許しを請いもせず、フランソワーズはたばこに火をつけ、深く吸い込んだ。「そりゃあ、チャーミングよ。チャーミングすぎると言ってもいいくらい。でも自分の思った道を行くためにはどんな手段も選ばない人たちよ。私はシャルルとは長いつき合いだから、あの人が苦い思いをどんなふうにコントロールしてきたかをよく知っているの。あなたにはわかんないでしょうね。シャルルがここへ来てすぐ、うちの家族は彼を友達として受け入れたわ。私の父は息子みたいにあの人に目をかけてきたしね。そのときから今に至るまでずっと、あの人が心の奥底では許しもしていないし忘れもしていないことを私は感じていたわ。ああいった古くからある家柄の人たちにとって、遺産相続というのはそりゃあ大きな問題なのよ。私はシャルルが伯母さんに対していつか何かやるんじゃないかって思ってたわ。伯母さんって人は、当然彼のものになるべき遺産を全部奪ってしまったんですものね」

ケイトは何も言わずに、ただじっとこの年上の女を見ていた。フランソワーズは事実をどこまで知っているのだろう？　アントワーヌは何が起こったかをすべて話したのだろうか？　それとも当たりさわりのない部分だけ説明するにとどめたのだろうか？ケイトは今朝アントワーヌがやってきたときの状況を正確に思い出そうとした。

〝ケイト！　マイ・ダーリン！〟とアントワーヌは言った。それからシャルルはアントワーヌになぜ来たのかとたずねたっけ。〝ケイトを連れにきた。僕の妻を〟とアントワーヌは言った。その言葉がケイトの頭の中でがんがん響いた。だから……たぶん……フランソワーズは私とアントワーヌが結婚していると思ったのではないだろうか？　話はいっそうこみ入ってきた。

「私の言っていることわかる、ケイト？」

「なあに？」ケイトは、フランソワーズが何を言っていたのかを思い出そうとした。

「私の言っていたことはね……」フランソワーズは少したためらい、頰を上気させた。「シャルルは、かつて自分に対して行われた不正を正す機会を逃さないだろうってことよ」

フランソワーズはいったい何が言いたいのだろう？　ケイトは黙って彼女を見つめた。

「それにあなたも、自分を責める必要なんかないわよ。シャルルはその気になれば抵抗し難いほど魅力的になるってことは、私たち皆、知っていることだから」

「自分を責める？」

「そう。それにアントワーヌだって、そんなこと知らなくていいのよ。もしかしてあなたが妊娠したとしても、領地を継ぐのはサヴォネ・モルレ家の一員であることは確かなんですからね。あなたはここでシャルルと過ごした牧歌的な何日間かのことを大切な思い出としてとっておけばいいわ」

「すみませんけれど、階下《した》へ下りていってくださる？」ケイトはやっとのことで自分を抑えて言った。

「あの人たちに、私がすぐに下りていきますって伝えてください」

「いいわよ」「ゆっくりしたらいいわ。」フランソワーズはハンドバッグを取り上げた。「ゆっくりしたらいいわ。あなたが来るまで私が二人の相手をしておいてあげる。全く昨日はびっくりしたわ。私は……」

「どうぞ、出ていってください」その声の冷たさにケイトは自分でもぞっとした。

フランソワーズは一言も言わずに身を翻し、ことさらにていねいにドアを閉めて出ていった。

ケイトはベッドに腰かけ、頭をたれたままじっとしていた。これまでいろいろなことに耐えてきたけれど、この打撃からだけは当分立ち上がれそうにない。

ケイトは振り返って、ぼんやりと昨日二人が一緒に寝た枕を眺めた。あれも計画のうちだったのだ。今になってみれば何もかもはっきりわかる。経験豊かなシャルルは、私が進んで彼のベッドに飛び込んでいくように仕向けたのだ。きかれれば、私のほうから誘ったのだと言うつもりなのかもしれない。ケイトは握りしめたこぶしを閉じたまぶたの上に当てた。私はどこまでばかなんだろう？　いったい、どうして？

ベッドから立ち上がるとふらふらした。だが一刻も早くこの茶番劇を終わりにするのだという決心がケイトに力を与えてくれた。彼女は水着を脱ぎ、よく見もせずに黒と白のコットンボイルのドレスをクロゼットから取り出した。鏡の前に立ち、細いウエストに幅広のベルトを締める。乱れた髪をかき上げ、はだしの足に高いコルク底のサンダルをはいた。

居間からはひそひそとした話し声が聞こえてくる。臆病になる気持をせきたてて、ケイトはノブを回した。木の床の上を歩く自分の足音がどこか遠くから聞こえてくるような気がする。コーヒーテーブルを囲んで座っていた三人のうち、二人の男性が立ち上がった。アントワーヌがこちらへ向かって歩いてくる。だがケイトの目はシャルルを求めてさまよった。

シャルルはケイトを見つめていた。彼女のことを不快に思っているかのように眉を寄せて、何か考え込んでいる。ケイトはアントワーヌが自分の手をとらえるのを感じた。彼の唇は避けたけれど、頬へのキスは逃れることができなかった。覚えのあるコロンの匂い。ケイトの脳裏にたちまちロンドンでの日々がよみがえる。

「ケイト――ダーリン！　こちらへ来てお座り」アントワーヌはケイトの手を取り、ソファに並んで座った。

「いつオーストラリアから？」ケイトはうわの空できいた。

「昨日の晩だよ、ケイト。午後に着く予定だったが飛行機が遅れて、リモージュに着いたのはずいぶん遅い時間だったんだ。そのうえ車が故障してしまって……」

アントワーヌはため息をつき、ケイトにほほえみかけた。再び二人が初めて会ったころの、〝アリスの不思議な国〟での日々がよみがえった。

「君を驚かそうと思ったんだよ。だがあのときフランソワーズと会っていなかったらどうなっていたことやら。僕はあれからでもまっすぐにここへ来たいと思ったんだが、フランソワーズが、一晩彼女のところに泊まって翌朝行ったほうがいいと言ってくれたんだ。そのほうがよかったと思う。ずいぶん遅い時間だったし……」

「それにあなたもすごく疲れていたものね、アントワーヌ」フランソワーズが口をはさんだ。「シドニーからパリ、パリからここまでやってくるだけでもたいへんだわ」

「そうだ。僕たち皆、君にとても感謝しているよ、フランソワーズ」シャルルが初めて口を開いた。

「もうそろそろ家に帰ってもらってもいいと思う」

「でも私、急いでいないのよ、シャルル」

「それにわれわれには話し合うことがたくさんあって、時間もかかると思うのでね」シャルルは有無を言わせない調子で立ち上がった。

「わかったわ――もっと早く気をきかせなきゃならなかったんでしょうにね！」フランソワーズもハンドバッグを持って立ち上がった。「あなたたちが出発する前にもう一度会えたらいいわね。さようなら、アントワーヌ。さようなら、ケイト」

「さようなら、フランソワーズ。いろいろとありがとう」アントワーヌは立ち上がり、いとことフランソワーズをおどおどと見比べた。ケイトは黙ったまま下を向いて、シャルルとフランソワーズが部屋を出ていく音を聞いていた。

「ダーリン！」アントワーヌは再び座って、ケイトを胸に抱き寄せた。ケイトはじっとしていた。これが何週間か前に私が狂おしいほどに愛した人なのだろうか？　いや、そうじゃない、私は愛していると思い込んだだけなのだ。あのとき、私は愛するとはどんなことなのかわかっていなかったのだ。

シャルルが部屋に戻ってきた。二人が抱き合っているのを見て、しばらくドアのところに立ち止まったが、やがてしっかりした足取りで部屋に入ってきた。彼は腰に手を当て、二人を見下ろした。アントワーヌは照れたような笑いをもらしてケイトの体を離し、立ち上がった。

「本当に、どれだけ感謝しているかわからないよ、シャルル、いつものことだけど。君には、苦境を救ってくれてありがとうと一生涯言い続けなければならないようだね」

ケイトは、シャルルがじっと自分の方を見つめているいることを知っていたが、かたくなに彼から目をそらしていた。シャルルがサイドテーブルの方に歩いていく。しばらくしてケイトの手にグラスが押しつけられた。

「お飲み、ケイト。君はたいへんなショックを受けたんだから」

シャルルはやさしく言って、ケイトのあごを持ち上げようとしたが、彼女が抵抗したのでため息をついて向こうへ行ってしまった。ケイトは手の中の温かいこはく色の液体を見下ろしてから、わざとらしくグラスをサイドテーブルに置いた。

「さて」アントワーヌはコニャックを飲み下し、とまどった目で二人を見比べながら言った。「そろそろ荷物をまとめたらどうかな、ケイト」

「何ですって？」ケイトはアントワーヌを見上げた。だがもう一つのもっと鋭い視線のほうは決して見まいとしていた。

「ハイヤーを頼んであるんだ。だから君の荷物を

「……」

「どこへ、どこへ私を連れていくつもりなの？」ケイトは静かにきいた。

　アントワーヌは赤くなった。「ええと、まず僕らはホテルに行って、法律的なことをきちんとすませ、そしてそれから……」

　ケイトは笑って立ち上がった。「それから私をお城《シャトー》に連ていくのね。そしてあなたと私と、あなたのお母様とで幸せに暮らしていく。それがあなたの考えていることなの、アントワーヌ？」

「だいたいそのようなことだよ、ケイト。君が怒っているのは無理もないことだと思うけど……」

「怒っているですって？　何が起こったかに気づいたときに私の抱いた感情は、怒りなんて言葉では表現できないわ。あなたは私にどんな仕打ちをしたかわかっているの？」ケイトは声を震わせ、唇をきつく噛《か》んだ。「私を愛してるって言ったあなたが、私を守りたいって言ってたあなたが……」

「でも、シャルルが君を守ってくれただろう」アントワーヌは助けを求めるようにいとこの方を向いた。「シャルルは信用できると思ったんだ。僕はいつもシャルルを頼りにしてきた。彼は事実、君の面倒を見、君を保護してくれたはずだ」

「私が求めていたのはあなただったのよ、アントワーヌ」ケイトはアントワーヌの動揺した、若い顔を見つめた。その後ろにあるもう一つの顔のほうは意識して見ないようにしていた。

「だがケイト、もうそんなことは忘れようじゃないか。これから先一生、僕らは一緒にいられるんだから」

「いいえ、アントワーヌ」ケイトはきっぱりと言った。「それは違うわ。あなたのしたことを私、忘れることも許すこともできないの。それは期待しないでちょうだい」

「シャルル……」アントワーヌは助けを求めるように年上のいとこの方を見た。

「ケイトの言うとおりだ、アントワーヌ。それに今では少し状況が変わってきたのでね。考慮すべき別の要因ができたんだ」

「別の要因？」

「そう――ケイトが言ったように、われわれ二人は彼女にひどいことをした。君のためにしたにせよ、僕がそれをしたことに変わりはない。だからその結果どういうことになったにしても、僕は責任を回避しないつもりだ。だが――いや、つまり僕の言いたいことは、アントワーヌ、僕は君のためにケイトと結婚したのだが、今では君にケイトを返すつもりはないということなんだ」

ケイトはシャルルの言うことをほとんど聞いていなかった。彼女にわかっていたことは、一刻も早くこの部屋から出ていかなければならないということだけだった。

ケイトは立ち上がり、アントワーヌの顔を見つめた。「さようなら、アントワーヌ。もうあなたとはお会いしません。会わないほうがいいと思います」

「ケイト！」

「もう会いたくないんです。あなたの名前も聞きたくありません。大嫌いな名前だから！」ケイトは耳に手を当てて部屋を走り出た。

けれども自分の部屋にたどり着いてみると、ケイトは奇妙に冷静になった。彼女は廊下の突き当たりの納戸からスーツケースを持ってきて、クロゼットから注意深く服を取り出し、それをていねいにたたみ始めた。彼女の頭は現実的な問題でいっぱいだった。パリまで汽車で行けるだろうか？　飛行機代をトラベラーズ・チェックで支払えるだろうか？　今夜はホテルに泊まって、出発は明日にしたほうがいいだろうか？　だが心の底には、もうすぐシャルルと別れなければならないという思いが常にあった。それが針のようにケイトの胸を刺した。そのとき私は冷静でいられるだろうか？

突然ドアが開いて、シャルルがそこに立っていた。彼はドアを閉め、それにもたれかかってケイトの動作をじっと見ていた。心臓は激しく打っていたが、ケイトはシャルルの方を見ないで、ただひたすら旅支度を続けた。

「君はほとんど無関心のようだね」しばらくしてようやくシャルルが口を開いた。「あれからアントワーヌがどうしたか、知りたくはないのかい？」

ケイトは無言でかぶりを振った。

「アントワーヌは三十分前にここを出ていった。それでも君はかまわないのかい、ケイト？」

「かまわないわ」それより私が知りたいのは、なぜシャルルがそのあとすぐにここに来てくれなかったのかということだ。

「本当なんだね、ケイト。それをぜひ確かめたい。僕にとってはとても重要なことなんだ」突然シャルルの鋼鉄のような手がケイトの肩をつかみ、向きを変えさせた。ケイトはもう、シャルルの鋭い視線を避けることができなくなった。

「確かかですって？　もちろん確かよ」ケイトは投げつけるように言った。「私は彼を憎んでるわ。あなたも大嫌いよ。どうして私は……」こらえていた涙がどっとあふれ出した。ケイトはシャルルの胸に顔を押し当てて泣いた。シャルルがやさしく何度も何度も背中をなでてくれる。

「よし、よし、僕のケイト、泣くんじゃない」それから彼はフランス語で何かやさしい言葉をかけ続けた。やがてケイトの涙はおさまり、彼女はシャルルの体から身を離した。

「ごめんなさい。こんなことをするつもりじゃなかったのに」ケイトは涙にぬれた顔をそむけようとしたが、シャルルはそうさせてくれなかった。彼の手が、ケイトのあごをがっちりととらえた。

「本当に君がアントワーヌのことをもう気にしないというのなら、ケイト、なぜこんなことが起こったのかについてもう少し説明をしようと思う。かわいいケイト、前にはこんなことを君に言えなかったんだ」シャルルはため息をつき、手を下ろした。「僕《マ》の伯母《タント》――アントワーヌの母親は、少し精神錯乱の気味があるんだ。アントワーヌからは、母親の異常な所有欲がますます強くなってきていることを聞かされていたが、僕自身は何年間も会っていなかったので、伯母がどこまでおかしくなっているかがはっきりわからなかったんだ。アントワーヌが何か手を打つべきときがきているんじゃないかと思う。このままほうっておいたら、みんなの安全にもかかわってくるんじゃないかと心配しているんだ。だがこういった愉快ではない事実を君の耳には入れたくなかったんだよ。僕はまだ君がアントワーヌを愛し、彼と結婚したがっているのだと思い込んでいたから――そのことがどれだけ僕を苦しめたことか!――君によけいな心配をさせないほうがいいと思ったんだ」

「そう!」ケイトの頭は混乱してきた。フランソワーズの言ったことがまた思い出されてくる。この悪夢は終わることはないのだろうか?

「それに、伯母が何か君に危害を加えるのではないかという心配もあった。伯母が僕らの計画に気づきでもしたら、どんな行動に出るかわかったものじゃないからね。家系とか家柄とかいうものに伯母は自らをがんじがらめにしてしまっているんだ。そうはいっても伯母一人を責めるのは残酷なのかもしれない。伯母は戦争中に恐ろしい経験をしたんだよ。あの城《シャトー》のまわりの丘や林は、マキ団の根拠地になっていて、そこで彼らとドイツ人との間に激しい戦闘が繰り返されたんだ。その戦いで伯母はいとこを二人失った。そして伯母の弟は追跡されて、伯母の目の前で撃ち殺されたんだそうだ。それは彼らが、ロンドン放送局の不確実な情報を信用したせいだという噂《うわさ》が流れた。それ以来なんだろうな、たぶん、伯母が熱狂的な愛国心と、外国に対する強い憎しみとを持つようになったのは」

長い長い沈黙があった。実際、言うべきことは何もないように思われた。あまりに多くのことを聞きすぎて頭が混乱してしまったのだ。そのうちに、時がたてば、私はサヴォネ・モルレ夫人に対して哀れみを持つことができるようになるかもしれない。だが今、ケイトの心はもっと絶望的な考えに打ちのめされていた。サヴォネ・モルレ家の誇りを持った男が、そうした汚れた血を、疑わしい遺伝を断ち切ろうと考えたとしても、それはごく自然で当たり前のことではないだろうか？　シャルルの長い説明も、フランソワーズから聞かされた話の真実味を増すだけの効果しかなかった。

シャルルの手がつと伸びてきて、ケイトの肩を抱き寄せた。ケイトはすなおに彼にもたれかかり、美しい菫色の瞳で愛する男の顔を見上げた。

「僕と一緒にいてくれるね、ケイト。君がサヴォネ・モルレの名を嫌っていることはわかっている。もし君が望むなら、僕のかわいい人《マ・プチット》、名字を変えたっていい。サン・シールのほうを使ってもいいんだ」

「あなたは私にここにいてほしいっていうの？　あなたの愛人として……」

「ケイト！　ケイト！　マ・プチット、君は僕の妻だよ。忘れたのか？　どういう事情でそうなったにせよ、そのことは紛れもない事実なんだ。そして、ゆうべそのベッドで起こったことは、一時的なことなんかじゃ決してなかった――君にとっても、僕にとってもね。それは避けることのできない、必然的なものだったんだ。僕の君に対する愛とあこがれ、君が僕の妻であるという状況、それでいて夫としての権利がないということ――そうしたもの全部は僕の頭を狂わせたよ。わかるかい、ケイト。ウエディング・ヴェールを上げて初めて君の顔を見たとき、僕は、この人こそ一生涯をともにしたい女性だと思ったんだ。それからの僕の苦しみが想像できるかい!」シャルルは身震いし、目の上に手を当てた。

「それじゃ、あなたは……」ケイトはそれ以上言えず、ただ唇を噛んだ。

「何だい、マイ・スイート……?」

ケイトはためらった。彼女が妊娠していると思い込んだときの、シャルルの怒りを思い出したのだ。あれは自分の計画が台無しになったことに対する腹立ちだったのではあるまいか。ケイトはもうこれ以上疑いを心にしまっておくことができなかった。

「フランソワーズは、あなたが自分の息子に城《シャトー》を継がせるように計画したのだと言ったの。たとえアントワーヌがそれを自分の息子だと考えたとしても」

シャルルは何かわけのわからない言葉をつぶやいたが、それがフランソワーズに対する誉《ほ》め言葉でないことだけは確かだった。「それを信じたのかい、ケイト?」

「私……わからない」

「わからなきゃならないんだよ」シャルルはため息をついた。「だがあんな経験をしたあとでは、何を信じていいかわからないのも無理はないだろうな。そのような考えは一度も僕の心に浮かばなかったと言ったら、君は信じてくれるかい?」

「もしあなたがそう言うなら、シャルル」今度はケイトがため息をつく番だった。「でもあなたは……あなたは報酬をもらって私と結婚することに同意したって言ったわ」

「そのとおりだ、ケイト。伯母は僕を説得しようとして金の話を持ち出した。そして僕はその誘いに乗るふりをした。だが君に会い、君のことをよく知るようになるにつれ、僕は自分のしたことを恥じるようになったよ。それでも僕はそんなふうにしてでも君と出会えたことを決して後悔していない。決してね……」

「ああ、シャルル！」押し寄せてくる幸福感に浸りながら、ケイトは、シャルルの胸に頭をもたせかけた。「そしてフランソワーズは……あなたと彼女は？」ケイトは心の片隅にあった小さな疑問を口にした。

「彼女と僕……？　君の考えているような関係では全くない。フランソワーズのお父さんは僕の親友で、ずいぶん世話にもなったんだ。亡くなるとき、娘のことをよろしくと言われたので、この五年間ずっと目をかけてきたが、彼女ももう大人だし、あとは一人でやっていけると思う。それに、たいていの人がそうであるように、フランソワーズも自分に都合のいい忠告だけを聞く人だしね」

「でもフランソワーズはあなたを愛しているわ」

「さあ、どうかな。僕は彼女の恋人たちのリストに名前を連ねる気はなかったが、もし僕がその気になっていたとしても、とっくの昔に僕らはお互いにうんざりして別れてしまっていたことだろうよ」

「それじゃ、オリオールは？　彼女とあなたは？」

「全然。そんなことになれば彼女の夫が喜びはしないだろう」

彼女の夫。オリオールが結婚しているだなんて考えもしなかった。それなのに私はオリオールとフランソワーズに対して苦しい嫉妬《しっと》の炎を燃やしてきたのだ。ケイトは小さなため息をもらし、愛する夫の顔を見上げた。「シャルル、なぜ？　本当に奇妙で、本当に信じられないことが起こったのね。なぜ？

なぜ?」

「なぜなのか、僕にもわからない。たぶん運命の糸が僕たちを結びつけてくれたんだろう。そんな気がするよ」

シャルルの唇が、軽くじらすようにケイトの唇にふれ、手が激しく動悸《どうき》を打っている胸の上に重ねられた。ケイトの手はシャルルの豊かな髪をまさぐり、唇は彼の唇の執拗《しつよう》な動きの下で開いていった。

「ケイト」彼は唇を頬に伝わせながらうめくように言った。「もう一つ君に言うことがあるんだ」

「なあに?」彼の胸の上をすべっていった手がふと止まった。ケイトの声が不安でくぐもった。

「今、電話をしていたんだ――それでここまで上がってくるのに時間がかかったんだよ。君のお母さんに電話したんだ」

「何ですって?」

「僕たちが結婚したことを報告しておいたよ。お母さんとアンドリューは一週間前にニューヨークへ帰ってきたそうだ」彼の口調は少し非難めいていた。

「そう?」

「近々ニューヨークへ行って、それからハネムーンにバリ島へ行くつもりだと報告しておいた。一緒に来てくれるね?」

「私に選択権があるかしら?」ケイトは謎《なぞ》めいた微笑を浮かべ、うっとりとした顔を彼の方に向けた。

「まあ、ないだろうね。僕らはどちらも、今度起こったことについて選択権はなかったように思うよ。だが今日は、家のそうじをもう少し先に延ばすぐらいの自由は持ちたいもんだと思うね。僕たちには他にもっとすることがあるから」シャルルはケイトをぎゅっと抱きしめ、かすれた声で言った。

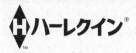

ハーレクイン・イマージュ　1984年11月刊（I-177）

結婚代理人
2025年5月5日発行

著　者	イザベル・ディックス
訳　者	三好陽子（みよし　ようこ）
発 行 人	鈴木幸辰
発 行 所	株式会社ハーパーコリンズ・ジャパン 東京都千代田区大手町 1-5-1 電話 04-2951-2000（注文） 0570-008091（読者サービス係）
印刷・製本	中央精版印刷株式会社
表紙写真	© Volodymyr Ivash	Dreamstime.com

造本には十分注意しておりますが、乱丁（ページ順序の間違い）・落丁（本文の一部抜け落ち）がありました場合は、お取り替えいたします。ご面倒ですが、購入された書店名を明記の上、小社読者サービス係宛ご送付ください。送料小社負担にてお取り替えいたします。ただし、古書店で購入されたものについてはお取り替えできません。®とTMがついているものは Harlequin Enterprises ULC の登録商標です。

この書籍の本文は環境対応型の植物油インクを使用して印刷しています。

ISBN978-4-596-72803-6 C0297

◆◆◆◆ ハーレクイン・シリーズ 5月5日刊 発売中

ハーレクイン・ロマンス

愛の激しさを知る

大富豪の完璧な花嫁選び	アビー・グリーン／加納亜依 訳	R-3965
富豪と別れるまでの九カ月 《純潔のシンデレラ》	ジュリア・ジェイムズ／久保奈緒実 訳	R-3966
愛という名の足枷 《伝説の名作選》	アン・メイザー／深山　咲 訳	R-3967
秘書の報われぬ夢 《伝説の名作選》	キム・ローレンス／茅野久枝 訳	R-3968

ハーレクイン・イマージュ

ピュアな思いに満たされる

愛を宿したよるべなき聖母	エイミー・ラッタン／松島なお子 訳	I-2849
結婚代理人 《至福の名作選》	イザベル・ディックス／三好陽子 訳	I-2850

ハーレクイン・マスターピース

世界に愛された作家たち
～永久不滅の銘作コレクション～

伯爵家の呪い 《キャロル・モーティマー・コレクション》	キャロル・モーティマー／水月　遙 訳	MP-117

ハーレクイン・ヒストリカル・スペシャル

華やかなりし時代へ誘う

小さな尼僧とバイキングの恋	ルーシー・モリス／高山　恵 訳	PHS-350
仮面舞踏会は公爵と	ジョアンナ・メイトランド／江田さだえ 訳	PHS-351

ハーレクイン・プレゼンツ作家シリーズ別冊

魅惑のテーマが光る
極上セレクション

捨てられた令嬢 《ハーレクイン・ロマンス・タイムマシン》	エッシー・サマーズ／堺谷ますみ 訳	PB-408

※予告なく発売日・刊行タイトルが変更になる場合がございます。ご了承ください。